POCHES PRATIQUE

COMMENT DEVENIR UN BON STRESSÉ

DU MÊME AUTEUR
CHEZ ODILE JACOB

L'Anxiété, 1992, 2003.
Tout est dans la tête, 1992, «Poches Odile Jacob», 2001.

ÉRIC ALBERT

COMMENT DEVENIR UN BON STRESSÉ

Odile Jacob
pratique

Merci à mes relecteurs,
leur soutien m'a été précieux.

15, rue Soufflot
75005 Paris

ISBN : 2-7381-1802-X
ISSN : 1767-2384

Introduction

François est cadre supérieur dans un établissement financier. Sorti jeune d'une école de commerce, il est arrivé en quelques années à un haut poste de responsabilité. Ce que tous apprécient chez lui, outre son sérieux professionnel et ses compétences, c'est la bonne humeur qui ne le quitte jamais. Même ceux qui jalousent sa réussite rapide n'arrivent pas à le trouver antipathique. Pourtant, ce soir, François se sent irritable et au bord d'être très désagréable avec son plus proche collaborateur.

Il faut dire que, depuis quelques semaines, il n'a pas la vie facile. Son épouse, qui attend son troisième enfant, est obligée de rester allongée en permanence. Les nuits sont souvent entrecoupées par les pleurs des deux premiers et les week-ends occupés au ravitaillement ou autres tâches ménagères. Hier soir, le dîner d'anniversaire de ses trente et un ans s'est passé au chevet de sa femme avec pour seuls cadeaux des dessins d'enfants, et François s'est surpris à regretter les festivités de ses trente ans.

Jamais auparavant, depuis qu'il est dans la vie active, les journées ne lui avaient paru aussi longues. Ses collaborateurs l'énervent, il les trouve trop lents, pas assez performants. Dans la journée, il ressent souvent des coups de barre accompagnés d'une forte envie d'aller faire la sieste. Mais ce qui lui paraît le plus grave, c'est l'impression de se sentir débordé par les problèmes. Lui qui se croyait doté d'un jugement très sûr, doute, hésite et pour la première fois ressent ses responsabilités comme un poids.

Il s'en est ouvert à l'un de ses plus vieux amis, médecin généraliste. « C'est le stress, a-t-il répondu, ça passera ! »

Il est là, au coin de nos vies, au détour de nos phrases, à la une de nos magazines. Pour chacun de nous, il a une réalité quotidienne plus ou moins inconfortable. Le stress. Souvent qualifié de mal du siècle, il semble en effet prendre consistance dans nos sociétés industrielles de la seconde moitié du siècle. Autrefois, personne n'en parlait. Existait-il sous une autre forme ? Très probablement, mais pas au point de devenir le phénomène de société que l'on connaît aujourd'hui.

Les indicateurs sont en effet au rouge. La France, premier consommateur de tranquillisants après avoir été pendant des années premier consommateur d'alcool, ne semble pas épargnée. Tout se passe comme s'il fallait trouver un calmant pour lutter contre la tension ou la nervosité ambiantes. De fait, cette impression de nervosité est en constante progression. D'après le CREDOC, entre 1979 et 1989, la proportion de Français qui disent souffrir de nervosité a augmenté de 50 %. Elle est passée de moins de 30 % à 44 % de la population générale. Lorsque près de la moitié de la population se considère comme « atteinte », le sujet mérite considération. Les

Français donnent l'impression d'être comme des bouteilles d'eau gazeuse que l'on agiterait constamment. La pression monte, les bulles se multiplient sans trouver d'issue. D'ailleurs, le problème les passionne. Depuis plusieurs années, certains magazines d'information ont réalisé leurs meilleures ventes en faisant leur une sur le stress.

Principal accusé : le travail. D'après une étude récente (1992) réalisée par l'APREMET et l'INSERM [1], 59 % des salariés se déclarent stressés.

Le stress professionnel n'est évidemment pas l'apanage de la France. Dans chaque pays, il prend une forme particulière, et on y répond de façon différente. Au Japon, on en meurt ; aux États-Unis, on en chiffre les conséquences ; en Suède, on légifère.

Les Japonais ont décrit ces dernières années un phénomène qu'ils ont appelé le *karoshi*. Il s'agit d'une mort brutale par épuisement à la suite d'un excès de travail. Certains salariés dont la charge de travail excèderait soixante-dix heures seraient pris dans un cercle vicieux qui les empêcherait de récupérer des fatigues accumulées. Ainsi, les Japonais, parfois assimilés à des fourmis, pourraient être aussi comme ces chevaux poussés à l'extrême qui meurent entre les jambes de leurs cavaliers.

Devant l'ampleur du phénomène, les Américains ont tenté d'évaluer le coût du stress pour leur économie. Les chiffres avancés par des experts et cités dans *Newsweek*[2] par an estimaient à cent cinquante milliards de dollars les conséquences du stress, soit, à cette époque, l'équivalent du déficit budgétaire. D'autres sources

1. Publiée par le Club européen de la santé, Paris, 1992.
2. *Newsweek*, 25 avril 1988.

anglaises [3] évaluent le coût du stress à 10 % du produit national brut.

Les Suédois, quant à eux, ont pris la chose suffisamment au sérieux pour que leur parlement légifère. Il a, effectivement, voté sept règles qui s'imposent aux employeurs pour prévenir les excès du stress professionnel.

Ce qui peut nous paraître un excès pittoresque chez nos voisins nordiques est en fait une tentative pour réguler un problème essentiel dans nos sociétés modernes. En effet, le stress professionnel est à l'évidence l'un des enjeux premiers auxquels va devoir faire face l'entreprise au cours des prochaines décennies. D'autant que tout le monde s'accorde aujourd'hui à reconnaître que le potentiel humain d'une entreprise est désormais plus important que ses outils techniques. Cependant, si la plupart ont identifié le stress professionnel comme un problème dont l'ampleur va croissant, rares sont ceux qui mettent en place de réelles solutions. Peut-être parce qu'ils ignorent comment faire ?

Brigitte est commerciale dans une entreprise américaine de bureautique. Régulièrement, elle assiste aux « grand-messes » qui visent à exalter la motivation et l'agressivité commerciale des troupes. Cette année, au vu de ses bons résultats antérieurs, ses supérieurs lui ont assigné des objectifs encore plus ambitieux que ceux de ses collègues. Tous les mois, les performances de chacun sont commentées en groupe. De cette séance que la plupart redoutent, Brigitte sort comme dopée. Elle aime se dépasser et elle sait qu'elle ne le fait que si on lui « met la pression ».

---

3. Citées par le Bureau international du travail, Genève, 1994.

« C'est normal, lui dit son compagnon, le stress, c'est ton moteur ! »

De fait, le stress est aussi un stimulant qui nous pousse en avant et nous conduit à nous dépasser. D'ailleurs, certains patrons l'ont bien compris lorsqu'ils déclarent « stresser leur personnel » de façon délibérée.

D'où l'idée, souvent évoquée de nos jours, qu'il existerait un bon et un mauvais stress. En réalité, cette opposition ne résiste pas à un examen approfondi.

Parmi les collègues de Brigitte, quelques-uns n'ont pas supporté le rythme qu'impose l'entreprise. Ils ont « craqué » face à la pression à laquelle ils étaient soumis. Cette pression qui stimule Brigitte et fait céder ses collègues est-elle un bon ou un mauvais stress ? À l'évidence, ce qui est bon pour les uns ne l'est pas nécessairement pour les autres. Si l'on exclut les situations extrêmes, les stress auxquels nous sommes confrontés dans la vie quotidienne ne sont ni bons ni mauvais en soi. Dès lors, pourquoi une situation déterminée engendre-t-elle dans un cas une dynamique et dans un autre une inhibition ? Pourquoi Brigitte se sent-elle poussée en avant, alors que d'autres, dans les mêmes conditions, craquent ?

La question est essentielle, notamment pour les chefs d'entreprise, les responsables du personnel, pour tous ceux qui ont des fonctions d'encadrement. De la réponse qu'ils apportent à cette question dépend leur manière d'orchestrer les contraintes professionnelles de leurs collaborateurs avec, comme objectif, l'optimisation de leur motivation, de leur capacité à travailler en équipe et de leur efficacité.

La plupart du temps, deux conceptions s'opposent. D'un côté, les alarmistes incriminent les contraintes de la vie moderne en général : ce serait la cause de tous les maux, et les individus seraient des victimes. Pour eux, la solution passe par un changement radical des conditions de vie. Pourquoi alors ne pas « mettre les villes à la campagne » ? Les tenants de cette position, ce sont principalement les ennemis de la modernité, ceux des villes, et d'une manière générale tous ceux qui craignent le changement. L'idée sous-jacente est que les conditions de vie étaient meilleures autrefois et que l'évolution engendre de plus en plus de stress. Paradoxalement associés à ce courant conservateur, on trouve aussi les tenants d'une société meilleure, les révolutionnaires (s'il en reste). Eux aussi, parfois encore inspirés par le marxisme, pensent que « tout est plus difficile qu'avant » et dénoncent, pêle-mêle, l'exigence accrue de performance, l'internationalisation, l'évolution des techniques, etc.

De l'autre côté, les optimistes déclarent croire en l'homme... ou plutôt en l'individu. Si certains s'en sortent mieux que d'autres, à contraintes égales, il suffit de prendre modèle sur eux. En somme, il n'y a pas de problèmes ; il n'y a que des solutions ! En entreprise, la rémunération et la promotion « au mérite » devraient primer.

Entre ces deux positions caricaturales, le discours des scientifiques semble bien timide. Et pourtant, les connaissances sur le stress progressent. Des dizaines d'équipes de chercheurs appartenant à des disciplines très diverses l'étudient à travers le monde. Pour eux, le stress n'est pas un concept flou, un malaise diffus. C'est un concept scientifique clairement défini, qui permet de rendre compte des relations de l'être humain avec son environnement.

Or c'est précisément dans le cadre professionnel que

la question de l'interface entre l'individu et le monde qui l'entoure se pose avec le plus d'urgence. Pour les individus qui, à l'évidence, souffrent plus qu'auparavant des contraintes qui pèsent sur eux et ont un retentissement important sur leur santé. Pour les entreprises, qui ont plus que jamais besoin d'un personnel fiable auquel elles demandent de plus en plus, pour faire face à ce que l'on appelle la « guerre économique ». Mais c'est aussi dans ce milieu que le sujet est le plus tabou. Lorsque les salariés se plaignent d'être stressés, le patron y voit une revendication sociale déguisée. À l'inverse, lorsque le patron propose à ses salariés un programme de gestion du stress, ils le prennent comme un reproche implicite ou une nouvelle manière de les sélectionner. Tous ont l'impression confuse que si l'on aborde de front ce qu'ils considèrent pourtant, dans la pratique quotidienne, comme un réel problème, on ouvre la boîte de Pandore des difficultés et des malaises de chacun. Aussi la tient-on le plus souvent soigneusement fermée en attendant que, sous la pression, elle s'ouvre toute seule sous une forme plus ou moins explosive.

Mon expérience me montre quotidiennement qu'au contraire on sait agir sur le stress professionnel de telle façon que les salariés et les entreprises y trouvent leur compte. C'est donc d'abord et avant tout au milieu professionnel que ce livre s'adresse.

Première partie

L'homme et son capital stress

1

Stress, stressé, stressant : un mythe moderne ?

En 1991, j'ai participé à une émission de télévision animée par André Bercoff, sur la défunte Cinq, qui avait pour sujet le stress. J'étais censé en donner une définition. À peine avais-je terminé que des signes de désapprobation fusèrent de toutes parts : « C'est pas du tout cela, disait Cavanna, pour moi, le stress, ce sont les chagrins d'amour. » Pour le député socialiste François Hollande, c'étaient les grands problèmes sociaux comme le chômage ; pour un autre invité, c'était la faim dans le monde, et pour un membre du public, il n'y avait qu'une grande source de stress : l'eau. Bientôt, la planète allait manquer d'eau ! Je m'étonnais que personne n'ait parlé du SIDA, mais on n'avait pas oublié le cancer et les accidents de la route. Autrement dit, la plupart du temps, le mot « stress » désigne tout... donc rien.

Monique, avocate, revient furieuse à son cabinet. Le temps de faire une expertise et elle a trouvé une contravention sur son pare-brise. C'est la cinquième de la semaine. Mieux vaut que son mari ne l'apprenne pas ; il est déjà assez stressé comme ça. Tout l'énerve et il ne tient pas en place. Maxime, leur fils aîné, en a fait les frais au dîner, hier soir : pour une broutille, son père l'a envoyé se coucher sans plus de cérémonie.

– Tu ne vas tout de même pas te laisser abattre par les stress de la vie quotidienne ! lui rétorque son collaborateur à qui elle a conté sa mésaventure.

– Non, tu as raison, il suffit que je travaille un peu plus pour satisfaire les exigences du Trésor Public !

– À propos, as-tu préparé le dossier APF *? Cette affaire me stresse un peu, c'est loin d'être gagné et si on veut les garder comme clients, on a intérêt à ne pas rater notre coup.*

En dix lignes, le mot stress a été employé à trois reprises, chaque fois avec une signification différente. Aucune ne correspond à la définition scientifique du stress.

Phénomène curieux : le stress est l'un des rares mots usuels qui, selon qu'il est utilisé comme verbe, à la forme active ou passive, ou comme nom prend un sens différent. De plus, lorsqu'il est employé à la voix passive, il ne signifie pas exactement la même chose à la première et à la troisième personne.

Je suis stressé

De façon très globale, cela signifie : « Je suis mal. » Derrière ce « mal », on trouve le plus souvent un état de nervosité qui est, en général, le résultat d'une anxiété ou de symptômes dépressifs.

L'anxiété est une émotion la plupart du temps normale. On dit souvent qu'elle est au psychique ce que la douleur est au physique. Sur le plan des pensées, l'anxiété se traduit par une impression de danger. Sur le plan comportemental, elle suscite une inhibition : l'anxieux n'arrive pas à mettre en place des plans d'action efficaces. Cette émotion anxieuse n'est pas nécessairement la conséquence du stress. On peut être chez soi en train de lire un bon livre, au coin du feu, et être tout d'un coup pris d'une crise d'angoisse indépendante de tout stress.

À l'inverse, le stress n'engendre pas toujours, loin de là, de l'anxiété. Le marathonien qui court aux jeux Olympiques a une forte charge de stress, liée à la compétition, à l'effort, à la fatigue, etc. Mais, en général, il n'est pas anxieux. Il n'a pas d'impression de danger ni d'inhibition. Un auteur américain a même montré, dans une étude portant sur des contrôleurs aériens, que, pendant leur travail, ils sont peu anxieux ; en revanche, leur anxiété augmente pendant les pauses. Or leur activité est considérée comme très stressante car ils sont amenés à prendre très rapidement des décisions lourdes de conséquences. Bref, ils sont stressés pendant qu'ils travaillent, mais ils ne sont pas anxieux, tandis que, pendant les pauses, ils sont anxieux mais pas stressés. Il est donc essentiel de bien distinguer stress et anxiété.

En ce début du mois de novembre, Catherine sent les symptômes du « stress » revenir. Elle recommence à avoir des boulimies de chocolat et de tout ce qui est sucré. Elle n'arrive plus à quitter son lit : le matin est un véritable calvaire, elle « gagne » chaque minute sous la couette au risque de se mettre très en retard. Mais surtout, elle se sent envahie par un blues *qui lui fait voir la vie en noir. Elle attend le week-end comme une oasis de paix. Non qu'elle se sente plus gaie, mais au moins elle peut rester chez elle, au lit, à l'abri de l'extérieur. Depuis plusieurs années, c'est la même chose. L'élan, l'envie de faire des choses et la gaieté ne reviennent qu'avec les beaux jours. Elle ne parvient pas à comprendre pourquoi elle est aussi stressée en hiver, alors qu'en été elle se sent beaucoup mieux.*

Il arrive, en effet, que celui qui se prétend stressé veuille dire qu'il est débordé par les événements, qu'il se sent triste, qu'il n'a plus goût à rien. Il s'agit alors plutôt de symptômes dépressifs. La spécificité cognitive de la dépression est la tristesse, le pessimisme et la dévalorisation de soi, alors que sur le plan comportemental, elle se caractérise par un ralentissement de l'activité. Tout est effort pour un déprimé, qui « fonctionne » moins vite. Dans le cas de Catherine, il s'agit probablement d'un type de dépression particulière qu'on appelle saisonnière et qui est en rapport avec la lumière.

Toutefois, au-delà de ce sentiment de mal-être, les réalités qu'englobe l'expression « je suis stressé » sont très diverses. De même, son contraire, être « cool », ou encore être « zen », est aussi assez flou. Cette expression ne fait pas nécessairement référence à un contexte particulier. On peut « être stressé » indépendamment de l'environnement dans lequel on évolue. D'ailleurs, on constate souvent que l'on ne sait pas pourquoi « on est stressé ».

Ça me stresse

L'expression semble un peu plus précise. « Ça » désigne alors un facteur de stress, ou ce que l'on appelle un stresseur, en général extérieur au sujet. « Ça » peut être de l'angoisse (mon angoisse me stresse) ; le plus souvent, il s'agit plutôt d'éléments de l'environnement (le travail, un événement de vie, une préoccupation, etc.). Généralement, « ça » désigne un stresseur sur lequel on pense ne pas avoir de moyen d'action. Dans ce cas, on postule un lien entre un élément du contexte et l'état de stress qui fait clairement référence à la pression qu'on ressent. Le stress suscite de l'inquiétude, mais aussi une certaine tension et des comportements empreints de nervosité.

Il est stressé

Lorsqu'on dit d'un tiers qu'« il est stressé », cela ne signifie pas exactement la même chose que lorsqu'on le dit de soi-même. Il s'agit d'une perception extérieure, donc de symptômes observables, non d'un vécu personnel complexe. En général, ces symptômes sont de deux ordres : l'agitation et l'irritabilité.

Les Parisiens sont considérés comme stressés par les provinciaux parce qu'ils courent en permanence et paraissent agités. Stressé est alors synonyme de « speedé ». Il n'y a pas nécessairement là de connotation péjorative, seulement le constat d'une accélération du temps. L'image d'Épinal du stressé est le cadre supérieur ou le PDG qui ne tient pas en place. Même en vacances, il a besoin d'activités qui s'enchaînent comme s'il faisait une perpétuelle course contre la montre.

L'autre sens est plus péjoratif. « Ne va pas voir le patron ce matin, tu n'en tireras rien car il est stressé. » Il s'agit là d'une hyperréactivité, d'une irritabilité qui rend les contacts difficiles, voire impossibles avec celui qui est désigné comme stressé.

Dans ce sens encore, le fait d'être stressé ne préjuge

pas de la cause. Comme dans l'expression « je suis stressé », il n'y a pas de lien *a priori* entre le contexte et l'état constaté.

Les stress de la vie quotidienne

Employé comme nom, le mot ne désigne plus l'état d'un sujet, mais les contraintes qui pèsent sur lui. Il prend une connotation de désagrément et de répétitivité. Il traduit l'ensemble des petites difficultés et des problèmes que l'on rencontre au jour le jour. Cela va des embouteillages à la mauvaise humeur de la gardienne, en passant par la queue au supermarché. Rien à voir avec ce qui est parfois appelé le « bon stress », qui est censé stimuler, pousser en avant. Ces stress-là sont des gênes qui empêchent de s'épanouir comme on le souhaiterait, des contraintes que, pour plus de clarté, nous nommerons stresseurs ou facteurs de stress.

Du mythe à la publicité

Pour Claude Levi-Strauss, le mythe a trois fonctions : désigner, expliquer et justifier. Robert Dantzer [1] fait remarquer que le stress est devenu l'un des mythes des temps modernes. Le stress désigne un mal-être de nos sociétés occidentales ; il explique les maladies psychosomatiques et tous les maux dont les causes ne sont pas déterminées par la médecine ; il justifie que l'on s'en protège en prenant des vacances, en faisant du sport ou

1. « La neurobiologie du stress », *Stress et anxiété : les faux-semblants*, L. Chneiweiss, E. Albert, Upjohn, Paris, 1993.

en ayant recours aux médecines parallèles. Pas étonnant, dès lors, que la publicité se soit emparée du mythe pour vendre. Nous ne sommes heureusement pas trop sensibles à ses messages, sinon nos journées pourraient ressembler à celles d'Annie.

Annie est très réceptive au stress. Aussi, en femme organisée, elle prend ses précautions. D'abord pour elle-même. Tous les matins, elle avale un composé de vitamines « énergisantes et antistress » acheté dans une boutique spécialisée par une amie qui vit à New York. Puis, avant de se maquiller, elle s'enduit le visage d'une crème de base qui protège sa peau contre « les stress qui vous agressent au cours de la journée ».

Dès qu'elle est dans le train qui la mène au travail, elle met des lunettes antistress et écoute une cassette antistress avec messages subliminaux. Pendant que les lunettes émettent des éclairs censés brancher son cerveau sur un rythme alpha qui lui permettra de retrouver la quiétude et l'ensemble de son potentiel personnel (comme l'explique la notice), la cassette lui répète, sur un fond de bruit de vagues, qu'elle est calme.

Arrivée au travail, elle s'assied sur son siège antistress à conception ergonomique contre les maux de dos et elle se met au travail sur sa machine Rank Xerox, achetée au cours de la semaine de promotion antistress.

Elle profite de l'heure de déjeuner pour se renseigner dans une agence de voyage qui propose un choix de destinations antistress pour les vacances, conjuguant calme, soleil et luxe.

Au retour, son patron lui a laissé un mot pour qu'elle se renseigne sur une publicité Peugeot parue dans L'Expansion *et intitulée « l'Antistress : Voici Peugeot Global Système. La solution antistress pour gérer un parc auto-*

mobile. » De fait, au cours de l'année précédente, deux pannes de véhicules ont engendré des problèmes en chaîne avec des clients...

L'après-midi lui semble long. Elle a décidé qu'après le travail, elle irait profiter des soldes. Elle est surtout très tentée par l'achat de vêtements en fibres antistress. Son magazine féminin préféré assure que cette fibre « protègerait des pollutions de l'air et des rayonnements émis par les appareils électroménagers comme les fours à micro-ondes » et qu'elle « serait bénéfique contre le mal de dos, les insomnies et autres petites anxiétés quotidiennes ».

Il est vingt-trois heures. Épuisée par une journée dont elle est pourtant enchantée, Annie se fait une petite tisane déstressante avant de se coucher.

Les publicitaires sont particulièrement à l'écoute de la société. Il leur faut répondre au moindre besoin, l'anticiper ou même le susciter. La plus petite tendance « dans le vent » est captée pour être utilisée comme argument de vente.

Sans doute est-ce pour cette raison que le stress est si souvent utilisé. Pour le publicitaire, la cause est entendue : il faut vendre ce qui est « antistress » ou ce qui est « déstressant ». Les exemples réels que l'on vient de citer dans la journée d'Annie montrent bien que le produit importe peu. On va du paramédical (vitamines, tisane) à la crème de beauté en passant par la bureautique ou les véhicules. Les produits en question sont dits antistress de façon générale. Ils sont supposés parer à tout inconfort de vie, quel qu'il soit.

Si l'on considère que la publicité sait jouer de la demande, le besoin d'antistress est considérable. Le consommateur semble prêt à acheter tout ce qui est censé calmer son stress.

La publicité procède avec le stress comme l'Église du Moyen Âge avec le diable. Elle vend tout ce qui peut l'écarter. L'eau bénite, les croix et les formules latines ont été remplacées par des crèmes de beauté, des vitamines ou des vêtements, mais la fonction est la même : chasser le Mal ou plus précisément le malaise individuel qui résulte du Mal.

Ce Mal à combattre est bien sûr très flou. Mieux vaut éviter d'en préciser le contenu afin que chacun puisse y mettre ce qu'il veut, et projeter son propre malaise et son propre vécu personnel. Ainsi, une femme achète sa crème de jour pour se protéger inconsciemment des piques que lui envoient ses collègues de bureau, une autre, pour se sentir plus sûre d'elle-même dans sa relation avec les hommes et une troisième, pour se soulager d'une nervosité intérieure. L'autre avantage du flou est qu'il est impossible de vérifier l'exactitude des promesses du slogan publicitaire. Qui peut contredire formellement une affiche qui vante des vacances antistress ?

Dans d'autres publicités, on prête au stress un contenu. Achetez un cyclomoteur pour combattre le stress des embouteillages, utilisez tel insecticide pour supprimer le stress lié aux insectes, etc. Le mot stress désigne alors une nuisance particulière, et le produit est présenté comme la solution face à cette nuisance.

Cependant, la publicité ne se contente pas d'utiliser le stress comme argument de vente. Elle contribue activement à l'alimenter. En effet, le stress, nous le verrons, vient notamment du décalage entre la réalité et l'idée que nous nous faisons de ce qu'elle devrait être. Par exemple, les agressions de la vie moderne sont stressantes parce que nous considérons qu'elles n'ont pas lieue d'être. Dès que nous les jugeons « normales », elles deviennent moins stressantes. Or la publicité est le média le plus efficace pour nous mettre en décalage entre ce que nous vivons et ce que nous pourrions vivre en nous suggérant des modèles idéalisés et en nous laissant croire qu'ils sont accessibles.

À travers le discours publicitaire, le stress joue un rôle de bouc émissaire, c'est-à-dire d'ennemi commun qui mobilise et réunit. Cet ennemi présente plusieurs avantages. D'une part, il est indéfinissable donc indestructible, ce qui est particulièrement précieux pour un bouc émissaire, car cela évite d'avoir à le remplacer régulièrement par un autre. D'autre part, il n'a pas de cause univoque : chacun peut désigner le responsable qui lui plaît. Le stress est donc un élément structurant de la société moderne.

Pour autant, le consensus autour de l'antistress n'est qu'apparent. Car le stress semble être une arme redoutable pour obtenir ce qu'on souhaite des autres. De ce point de vue, l'usage qu'en fait la publicité n'est évidemment pas exclusif.

Pour la publicité, le stress est à la fois problème et solution. Elle vit de l'antistress et en produit dans le même temps. Cette ambiguïté, qui se retrouve dans d'autres domaines de la société comme celui de la vie professionnelle, est à l'origine de la difficulté de tout discours sur le stress... et de l'intérêt qu'il présente.

Avant d'analyser les facteurs du stress professionnel, encore faut-il comprendre comment le concept scientifique s'est forgé et a évolué au cours du temps.

2

Un peu de théorie

Le mot stress était déjà employé en anglais au XVIIIe siècle pour désigner un mal-être, mais c'est au cours de notre siècle qu'il a acquis ses lettres de noblesse scientifique. Tout a commencé par des expérimentations animales ; là, le concept était simple. Les difficultés vont commencer lorsqu'on passe à l'homme...

C'était si simple autrefois

La confusion qui existe à propos du mot stress résulte de l'interprétation qui a été donnée des théories scientifiques dont il fait l'objet. On attribue à Hans Selye [1] l'élaboration du concept de stress. En fait, il s'est beau-

1. « A syndrome produced by diverse nocuous agents », *Nature*, 138, 32, 1936.

coup inspiré des travaux de W. B. Cannon [2], un physiologiste américain de la première moitié du siècle. Cannon avait notamment montré comment l'une des branches du système nerveux (qu'on appelle sympathique) prépare l'animal à l'action. En réaction aux agressions de l'environnement, le système nerveux sympathique mobilise les ressources physiologiques pour le combat ou la fuite. C'est le célèbre *fight or flight*, qui sera repris par la suite par Henri Laborit. L'idée essentielle de Cannon est le principe d'homéostasie : toute agression extérieure est un danger pour l'équilibre physiologique du sujet. En cas d'agression, ce dernier développe une réaction physiologique qui vise à maintenir constants les paramètres biologiques face aux modifications du milieu extérieur.

Hans Selye était aussi physiologiste. D'origine autrichienne, émigré au Canada, il a publié dans les années trente les résultats de ses premiers travaux, qui ont conduit au concept de stress. Les premières expériences réalisées par Hans Selye sur les rats consistaient à mesurer les conséquences des contraintes imposées aux animaux. Le constat était le suivant : lorsqu'on soumet l'animal à des contraintes de type physique (douleur, froid, rayon X) ou chimique (injection de produit chimique), on obtient toujours la même réponse de la part de l'animal. Selye appelle cette réponse « syndrome général d'adaptation » (SGA) [3]. Il se décompose en trois étapes.

La *réaction d'alarme* se caractérise en particulier par

---

2. *Bodily Changes in Pain, Hunger, Fear and Rage*, Boston, C. T. Branford, 1929, 1953.

3. « The general adaptation syndrome and the diseases of adaptation », *Journal of Clinical Endocrinology*, 6, 117-20, 1946.

une accélération du rythme cardiaque, et une augmentation du tonus musculaire [4].

La *phase de résistance* vient ensuite. Elle permet d'inverser la plupart des symptômes de la première phase qui menacent d'épuisement le sujet. Mais si les stresseurs continuent d'être appliqués à l'animal, celui-ci entre dans la troisième phase.

La *phase d'épuisement.* Au cours de cette phase, l'animal retrouve les caractéristiques de la phase d'alarme et s'épuise. La décompensation peut aller jusqu'à la mort.

Comme souvent dans la recherche scientifique, Hans Selye est arrivé à ce constat en travaillant d'abord sur autre chose : il étudiait les hormones sexuelles du rat et recherchait une nouvelle hormone ovarienne. Les premières « contraintes » auxquelles il a soumis ses rats étaient des injections d'extraits ovariens pratiquées dans le cadre de cette étude.

Le syndrome général d'adaptation, qui est la base sur laquelle repose le concept de stress, correspond à un principe comportementaliste : un stimulus engendre une réponse. D'ailleurs, cette réponse n'est pas toujours négative. Pour répondre à cette objection, H. Selye a distingué l'*overstress* de l'*understress*, vision très quantitative, puis l'*eustress*, qui est bon, du *distress*, qui est mauvais. En somme, tout est stress, et le concept perd en précision ce qu'il gagne en universalité. Le flou, les difficultés et les confusions, qui, aujourd'hui encore, entourent le concept de stress, viennent du fait que les

4. Sur le plan endocrinien, cette étape est celle de la décharge d'adrénaline et de noradrénaline et celle de l'activation de l'axe corticosurrénalien qui aboutit à l'augmentation de taux de cortisol circulant. C'est au cours de cette phase que peuvent apparaître des ulcères gastro-duodénaux.

scientifiques ont depuis montré que le principe fondateur du stress est faux.

À chacun son stress

En France, Robert Dantzer fait autorité dans l'étude des réactions physiologiques au stress. Voici ce qu'il écrit dans l'*Illusion psychosomatique*[5] : « Tant que l'on a regardé la réaction de stress au travers des variations du cortisol plasmatique, la conception d'une réaction unique reflétant le niveau d'activation émotionnelle du sujet paraissait fondée. Dès que l'on a pris en compte d'autres hormones dont la sécrétion est modifiée directement ou indirectement par le stress, la situation s'est révélée beaucoup plus complexe. Il est devenu nécessaire de postuler l'existence de plusieurs modèles réactionnels. »

Selon certains auteurs, l'activation de l'axe hypophyso-corticosurrénalien[6] n'est spécifique que de la peur ; selon d'autres, il n'est que le témoin d'une émotion. Ainsi, lorsqu'on reproduit certaines expériences de Selye en prenant des précautions pour éviter de faire peur aux animaux, l'axe hypophyso-corticosurrénalien est activé ou non selon les situations auxquelles ils sont exposés. Par exemple, si on élève progressivement la température, leur taux de cortisol diminue, alors que, si on la fait descendre, celui-ci augmente. Dans les expériences de Selye, au contraire, la variation brutale de

5. Paris, Éditions Odile Jacob, 1989.
6. L'activation de cet axe consistant en la libération de corticolibérine par l'hypothalamus, qui stimule la libération d'ACTH, lui-même agissant sur la corticosurrénale, est à l'origine de la description du SGA.

température entraînait systématiquement une montée du taux de cortisol.

Depuis, les expériences se sont multipliées et montrent que les réactions biologiques varient selon les sujets, même si le stresseur reste le même. Ainsi, le fait d'avoir une possibilité d'action ou de ne pas en avoir, la prévisibilité du stresseur et le contexte dans lequel il est appliqué, sont autant de variables qui modifient la réponse physiologique du sujet étudié. Les études récentes des effets des situations de stress sur les défenses immunitaires ont, par exemple, montré qu'un stress unique et inévitable les diminue alors que des stress répétés n'ont pas d'effet et parfois renforcent les défenses immunitaires.

Le syndrome général d'adaptation est donc une mesure grossière qui ne correspond pas à la complexité de la réalité. Les réactions physiologiques dépendent du contexte dans lequel sont appliqués les stresseurs et de caractéristiques propres au sujet. Le syndrome général d'adaptation ne se rencontre chez l'homme que dans les réactions de choc comme pour les brûlés ou les chocs opératoires. Il ne peut évidemment pas rendre compte des réactions qui se développent dans le cadre des difficultés de la vie quotidienne.

Et le psychisme dans tout ça ?

« Les théoriciens du stress [...] sont allés tellement loin dans l'importance accordée à la relation stimulus-réponse qu'ils ont nié l'existence d'états mentaux. » Robert Dantzer, qui est pourtant lui aussi physiologiste, constate que le modèle de Hans Selye fait abstraction d'une dimension essentielle : la composante psychologique.

De fait, les psychologues ne se sont intéressés au stress que longtemps après les physiologistes. Mais plus leurs travaux progressent, plus ils démontrent que les stresseurs sont moins importants en eux-mêmes que leur représentation dans l'esprit du sujet. Est-ce qu'un devoir sur table pour une classe de trente élèves est un stress en soi ? Certainement, mais ses effets sont très différents selon l'idée que s'en fait chaque élève, selon les capacités dont il croit disposer pour y faire face, selon la pression de son entourage sur ses résultats scolaires et, probablement, selon encore de nombreux autres paramètres.

Plusieurs travaux, menés à propos d'un stress très répandu, le bruit, soulignent les différences de conséquences en fonction des circonstances. Ainsi, une équipe suédoise a montré que l'impression de gêne qu'éprouvent les riverains d'aéroport diminuait considérablement si on les influence en valorisant la source de bruit. Il suffit de leur faire croire que leurs concitoyens estiment que l'aéroport a une importance primordiale pour l'économie de la région. Par ailleurs, on a pu montrer que l'on ne supportait pas de la même façon des niveaux de bruits identiques selon que l'on est chez soi ou au travail. Des bruits parfaitement tolérés au travail sont ressentis comme une agression lorsque l'on est chez soi. Enfin, lorsqu'on demande à un individu d'effectuer une tâche et que l'on fait retentir un bruit, ses performances varient selon qu'on attribue à ce bruit une valeur de récompense ou de punition.

Le stress sonore, si courant dans notre vie moderne, est tout sauf « objectif ». Du reste, le stress « objectif » semble ne pas exister. Un facteur de stress est immédiatement interprété par celui qui en est l'objet et c'est cette interprétation qui influence la réponse produite pour y faire face. Toute l'histoire de la propagande, qui a quelques millénaires d'avance sur celle du stress, repose sur cette constatation. Ainsi, comme le remarque A. Moch-Sibony [7], « la représentation cognitive d'un événement ou son anticipation constituent un privilège de l'homme sur l'animal qui va de pair avec la complexité de son système nerveux. Mais cette supériorité lui confère aussi les possibilités supplémentaires de se sentir agressé. Ainsi, la simple anticipation d'une situation jugée déplaisante peut entraîner un sentiment de malaise, avant même que le sujet n'ait à l'affronter réellement ».

Richard S. Lazarus [8] et son équipe ont étudié les différentes manières de « faire face » aux situations, ce qu'ils ont appelé le *« coping »* (qui signifie « faire face » en anglais). Il est, en effet, évident qu'un même stresseur engendre des manières de faire face très variées selon les individus auxquels il s'applique. Ce qui différencie leur manière de faire face est, d'une part, leur représentation du stresseur et, d'autre part, leur capacité à utiliser des plans d'action variés.

Les hommes sont-ils donc des rats ?

Pierre est épuisé. En cette fin de mois de février, il s'est donné à fond pour réaliser les objectifs commerciaux que lui avait fixés son directeur. Heureusement, depuis deux jours, il est en vacances à la montagne avec sa famille pour décompresser. La première journée a été un

---

7. « Aspects cognitifs des stress de l'environnement », *Le Travail humain*, tome 47, nº 2, 1984.
8. *Psychological Stress and the Coping Process*, New York, MacGraw-Hill, 1966.

peu difficile. Alors qu'il s'est levé à quatre heures et demie du matin pour éviter les embouteillages, à partir de sept heures, il s'est retrouvé bloqué entre deux pare-chocs. Les dix heures de voyage n'ont pas entamé son optimisme. Le studio de location a la taille du salon de son pavillon et il s'est senti un peu déconcerté lorsqu'il a réalisé que l'un de ses fils dormirait dans le lit pliant au pied de son propre lit : boujour l'intimité amoureuse ! « Regarde, c'est génial ! » remarque sa fille de sept ans en découvrant la cuisine dans un placard.

Malgré la fatigue du voyage et la nervosité accumulée, l'ambiance est plutôt euphorique.

Le lendemain, le soleil n'est pas au rendez-vous. Un vent glacial, chargé de brume, fait se balancer les télésièges. La plupart des remontées sont d'ailleurs fermées. Mais pas question de se laisser décourager par les intempéries. Il est là pour skier et il skiera quoi qu'il arrive.

Trois heures plus tard, il rentre au studio complètement frigorifié, les fesses couvertes de bleus à force d'avoir perdu l'équilibre sur des plaques de glace et les doigts raidis et douloureux de froid.

Et pourtant, dans quelques jours, il rentrera au bureau avec l'impression de s'être reposé et il clamera à qui voudra l'entendre qu'il n'y a rien de plus déstressant que les sports d'hiver.

Si l'homme était un animal comme les autres, cette situation serait extrêmement stressante pour lui. Il en est de même pour la plupart des sports dont la fonction est de nous détendre et qui sont en réalité des situations de contraintes fortes, souvent beaucoup plus exigeantes que celles que nous rencontrons dans la vie de tous les jours. Ainsi, pour l'homme, l'un des moyens de se « déstresser » consiste à se mettre dans un cadre de contraintes parfois supérieures à celles qu'il rencontre dans sa vie quotidienne.

À l'inverse, le stress maximal est sans aucun doute le camp de concentration. Dans des conditions comparables, les animaux meurent dans un délai quasi identique pour tous. L'histoire tragique du XXe siècle montre qu'il en va autrement pour l'homme. Des individus ont pu survivre pendant plusieurs années dans ces conditions extrêmes alors que d'autres sont morts au bout de quelques mois, voire de quelques jours. Ceux qui ont survécu ne le devaient pas seulement à leur bon état physique, mais à certaines particularités psychologiques et spirituelles. Ces composantes psychologiques ont d'ailleurs été décrites par Bruno Bettelheim (lui-même rescapé d'un camp nazi) dans *Survivre* et étudiées par un autre chercheur, A. Antonowsky.

L'idée anthropomorphique que ce qui est vrai chez l'animal l'est aussi chez l'homme nous vient de Selye lui-même, qui a écrit : « La recherche médicale a montré que, lorsque les individus doivent faire face à différents problèmes, dans une certaine mesure leur corps répond selon un *pattern* stéréotypé. Les modifications biochimiques identiques nous rendent capables de faire face à n'importe quel type de demande croissante sur l'activité vitale. C'est aussi vrai pour les autres animaux et apparemment même pour les plantes. » Ce passage, extrait d'un article de synthèse que Hans Selye a écrit à la fin de sa vie [9], montrent comment les erreurs ont été commises du fait des approximations successives. Alors que Selye définit le stress comme « la réponse non

9. « History and Present Status of the Stress Concept », *in Stress and Coping : an Anthology*, A. Monat, R. Lazarus, New York, Colombia University Press, 1991.

spécifique résultant de toute sollicitation du corps », chez l'homme, il parle de « différents problèmes ». Il assimile donc des stimuli appliqués sur le corps des rats aux différents problèmes que rencontrent les humains. Or la différence est de taille. De plus, la réponse chez l'homme n'est pas toujours identique ; elle l'est dans une « certaine mesure ». Enfin, il affirme comme une évidence que « ce qui est vrai chez l'homme l'est chez tous les autres animaux ». Ce dernier point n'a évidemment pas pu être vérifié. Pour Selye, l'homme n'est qu'un animal parmi d'autres. C'est si évident que des approximations suffisent pour étayer sa thèse. Il est, d'ailleurs, caractéristique que la description des expériences de H. Selye, dans l'ouvrage de la collection « Que sais-je ? » consacré au stress, on omet de préciser qu'il s'agit d'une expérience réalisée sur des rats. Tout y est présenté comme s'il s'agissait de l'homme.

Certains chercheurs ont persisté dans la voie ouverte par la théorie initiale de H. Selye. Lennart Levi, par exemple, a travaillé, dans les années soixante-dix, sur le « stress Selye », c'est-à-dire sur l'impact physiologique non spécifique de l'environnement sur l'homme. On retrouve l'hypothèse de Selye sur le lien direct entre le stimulus nocif et la réaction physiologique de l'individu. Dans le modèle que Levi développe, la réaction physiologique non spécifique est l'élément précurseur des maladies. On retrouve la même tentation que chez Selye. Chaque fois, il s'agit de faire abstraction de la composante psychologique.

Autre chercheur très inspiré du modèle animal : Henri Laborit. Il a analysé le stress en s'appuyant sur la notion d'inhibition de l'action [10]. À partir d'expériences, au

10. *L'Inhibition de l'action*, Paris, Masson, 1986.

cours desquelles l'animal réussit à obtenir une récompense ou échoue, il a identifié, sur le plan biologique, le « système activateur de l'action » (SAA) et le « système inhibiteur de l'action » (SIA). Le problème est que la transposition à l'homme, comme elle a été schématisée dans le film d'Alain Resnais intitulé *Mon oncle d'Amérique*, n'est pas aussi simple qu'il la présente. En effet, pour l'homme, la plupart du temps, les situations de stress n'aboutissent pas à une perception d'échec ou de réussite sur le moment. La réalité est beaucoup moins dichotomique. La secrétaire qui est arrivée à bout d'un surcroît de travail, le syndicaliste qui a soulevé un problème au comité d'établissement ou le banlieusard qui a l'impression de s'épuiser dans les transports en commun ont-ils une impression d'échec ou de réussite ? Ni l'un ni l'autre, probablement. Si l'on reprend la théorie de Laborit, on ne pourra donc savoir si c'est le SIA ou le SAA qui a été activé.

En fait, Laborit présente un modèle intermédiaire entre celui de Selye et ceux que nous utilisons aujourd'hui. Il prend en compte la dimension psychologique, mais en la limitant à l'un de ses nombreux aspects : perception de réussite ou d'échec. Pourtant, certains universitaires utilisent cette théorie qu'ils rapprochent de situations de stress professionnel.

L'idée selon laquelle la réaction de l'homme face à son environnement ne peut se résumer à celle de l'animal de laboratoire a été mise en évidence dans les années soixante. J. W. Mason [11], en particulier, a montré qu'en l'absence de menace psychologique la fatigue, la faim, ou des variations de température, par exemple,

11. « A re-evaluation of the concept of " nonspecifity " in stress theory », *J. Psychiat. Res.*, 8, 323-333, 1971.

engendrent des réponses physiologiques différentes selon les cas [12]. Pour Mason, à chaque émotion correspond une sécrétion hormonale spécifique. Il soutient que lorsque la menace psychologique produite par le stresseur est absente, il n'y a pas de sécrétion de corticoïdes comme dans le SGA. Cette position est reprise par Jean Rivolier [13], qui écrit : « L'agent de stress n'est rien, c'est la façon dont l'information est traitée qui compte. Selye a pu dire à la fin de sa vie : le stress, ça n'existe pas, c'est une abstraction. »

Et pourtant, la théorie de Selye continue d'être reprise, elle a l'attrait de la simplicité et elle est devenue un mythe indispensable à notre société. Tant que le stress se limite au syndrome général d'adaptation, l'étude du phénomène est facile et les conclusions évidentes. Elles impliquent une conception confortable de l'interaction de l'homme avec son environnement : l'homme est une victime que son environnement fait souffrir et rend malade. Dès que l'on essaie de tenir compte des phénomènes psychologiques, le travail devient beaucoup plus complexe. Il n'existe plus d'outils de mesure aussi précis et les résultats sont nécessairement beaucoup plus modestes et souvent contestables. L'homme devient un être responsable qui porte en lui la clé des conséquences éventuelles des contraintes auxquelles il est confronté.

Paradoxalement, c'est en partant de ce point de vue que l'on peut vraiment aborder l'étude du stress... qui désigne tout simplement l'interaction entre l'individu et son environnement.

---

12. Variation sélective des réponses des corticostéroïdes et des cathécolamines à différents stimuli naturels.

13. « Stress et maladie », *NeuroPsy*, vol. 2, n° 5-6, mai-juin 1987.

Lorsque les théories tentent de répondre à nos questions

« Ça me stresse ! » Certes, mais quoi ? C'est ce qu'ont essayé de comprendre les chercheurs de l'école qui a travaillé sur les événements de vie.

« Le stress me rend malade ! » C'est possible, mais de quelle manière ? La médecine psychosomatique tente de l'expliquer.

« Comment fait-il pour ne pas être stressé avec la vie qu'il mène ? » Les théoriciens du coping ont mis en évidence les caractéristiques de chacun dans sa manière de faire face aux stresseurs.

Les petits riens de la vie

T. H. Holmes et R. H. Rahé [14] sont partis d'une hypothèse différente de celle de Selye. Selon eux, ce qui stresse les individus, ce sont les changements auxquels ils sont confrontés et doivent s'adapter. Pour apprécier l'importance de ce stress, il ne s'agit donc pas d'en mesurer les conséquences mais d'apprécier l'intensité du changement. Ils ont construit une échelle qui est graduée en unités de changement : l'échelle d'événements de vie.

---

14. « The social readjustment rating scale », *J. Psychosom. Res.*, 11, 213-218, 1967.

Depuis cinq mois qu'il est installé à Paris, la vie de Tony a bien changé. Citoyen britannique, il a quitté Londres pour les beaux yeux et l'esprit pétillant d'une jolie avocate française. Juriste lui-même, il a créé à Paris un cabinet de conseil juridique international et en même temps trouvé un appartement qui est déjà trop petit. Il vient, en effet, de convoler en justes noces pour régulariser sa situation en vue d'un heureux événement prochain.

Très vite, les virées entre amis dans les pubs londoniens lui ont manqué. Au restaurant, il a dû apprendre à remplacer la bière par le bordeaux. Mais ce sont surtout les premiers jours qui ont été difficiles. Il a retrouvé son appartement cambriolé, alors que le matin même sa voiture avait été envoyée à la fourrière, et a appris que son correspondant habituel chez son principal client venait d'être remplacé. Toutes les ressources de son flegme lui ont été nécessaires pour ne pas retourner au pays de la sauce à la menthe et considérer qu'il ne s'agissait là que de circonstances malheureuses qu'il aurait tôt fait de surmonter.

Sur l'échelle de Holmes et Rahé, Tony aurait un score de 344. Statistiquement, il doit faire face à une forte charge de changement (de stress ?) et se situe dans le groupe le plus exposé à un risque de maladie.

Ces échelles ont été construites selon le système suivant. Il s'agissait de tester l'hypothèse selon laquelle la survenue de troubles pathologiques chez ce même individu serait liée à la fréquence et l'intensité des changements survenant dans sa vie. Pour cela, ils ont dressé une liste des événements qui sont le plus fréquemment cités par une population donnée. Puis ils ont demandé à un échantillon représentatif de cette population de mettre une note sur 100 correspondant à l'importance du changement engendré par ces événements, en se situant par rapport à une note arbitraire de 50 donnée au mariage. Ainsi, des problèmes avec les beaux-parents sont cotés à 29 et la perte d'emploi à 47.

Cette échelle a été ensuite utilisée dans de très nombreux domaines de la pathologie qui vont de la dermatologie aux maladies cardio-vasculaires en passant par les blessures des sportifs. Chaque fois, les résultats sont approximativement les mêmes : ils montrent que les populations ayant un score élevé à l'échelle d'événements de vie courent un risque accru de présenter une pathologie.

Finalement, l'approche scientifique s'appuyant sur une méthodologie rigoureuse vient confirmer le bon sens populaire. Un groupe d'individus soumis à des événements se fragilise plus qu'une population qui n'y est pas soumise. Le risque est d'appliquer ces données épidémiologiques aux cas particuliers. En effet, comme le font remarquer Nicole Aubert et Max Pagès [15] : « L'une des principales critiques que l'on peut faire à ce modèle vient de ce que les événements de vie y sont considérés comme des événements objectifs, sources objectives de stress, ne tenant compte ni des impressions subjectives des individus ni de leurs facultés individuelles d'adaptation. » Il est évident que si, pour une population donnée, les événements peuvent être pondérés, à l'échelon individuel, cette pondération est différente de l'un à l'autre. Le mariage pour le couple qui vit en concubinage depuis des années engendre moins de changement que pour un couple qui commence à vivre ensemble. De même, un déména-

15. *Le Stress professionnel*, Paris, Klincksieck, 1989.

gement entraîne une quantité de changements très différente selon qu'il s'agit non pas d'un changement de ville, selon qu'il a pu être préparé de longue date ou qu'il modifie l'activité professionnelle. De plus, il paraît indispensable de tenir compte de l'âge du sujet, car l'impact des changements semble généralement augmenter avec le vieillissement. Autrement dit, ce qui est vrai pour une population ne l'est pas forcément pour un individu. Contrairement aux raccourcis auxquels ne résistent pas les magazines qui vous invitent à « calculer votre stress » en faisant la somme des notes attribuées aux événements qui ont marqué les trois ou six derniers mois, ce score est une mesure très grossière qui ne permet en rien de prédire le risque qu'une pathologie se déclenche dans les mois à venir.

Par ailleurs, il est essentiel d'utiliser des échelles qui sont validées pour une population donnée à un moment donné. En effet, l'impact du changement est variable selon les styles de vie et l'environnement socioculturel. Le déménagement, par exemple, est coté 20 ; il vient après une première année d'étude ou le début de l'emploi du conjoint. Cela n'a rien d'étonnant aux États-Unis où la mobilité est banale. En France, ce changement aurait une note supérieure. De même, la perte d'un emploi n'a pas le même impact selon la conjoncture économique. En période de croissance ou de plein emploi, elle peut paraître anodine, alors qu'en temps de crise elle crée un changement important, chargé émotionnellement. Or, bien souvent, les magazines présentent l'échelle initiale d'Holmes et Rahé, qui a été validée il y a bien longtemps sur une population anglo-saxonne.

À nouveau, le modèle stimulus-réponse est trop simpliste. De plus, les stimuli ne sont pas tous pris en compte, car on ne comptabilise que des événements ponctuels et pas de stresseurs à long terme. Enfin, le schéma linéaire et causaliste est contestable. Comme le fait remarquer E.S. Paykel [16], si le divorce favorise la dépression, la dépression favorise le divorce. Il n'y a pas une cause qui entraîne un effet, mais un cycle d'événements qui se renforcent.

Depuis les échelles d'Holmes et Rahé, des approches plus précises qui tiennent compte de toutes les critiques ont été mises au point. Il s'agit principalement de la méthode de Brown et Harris [17], qui prend en compte les aspects contextuels dans lesquels surviennent les événements pour un sujet donné. Si, par exemple, un deuil survient, l'impact de l'événement est pondéré par de nombreux paramètres comme sa prévisibilité, la qualité du lien qui unissait le sujet au défunt, le soutien social sur lequel peut compter le sujet, sa situation familiale, etc. La méthode de Brown et Harris donne des informations plus précises sur l'impact des événements de vie.

L'intérêt principal de la méthode des événements de vie est d'avoir objectivé un lien entre l'importance du changement et une fragilité somatique et psychique. L'étude de ce lien est justement l'objet de la psychosomatique.

---

16. E.S. Paykel, « Life events research in depressive disorders », in *Prevention and Treatment of Depression*, Baltimore, University Park Press, 16, p. 136-150, 1981.

17. G. W. Brown, T.O. Harris, The Social Origins of Depression : a Study of Psychiatric Disorders in Women, Tavistock ed., Londres, Free press ed. New York.

Ces maux qui viennent de la tête

La nature des rapports entre la *psyché* et le *soma* passionne les médecins, les philosophes et les théologiens depuis l'Antiquité. Pour les médecins, c'est notamment la question que pose la somatisation. Lorsqu'on somatise, c'est que l'on éprouve un mal physique à la suite de difficultés psychologiques. Ce mal est en général déclenché par un contexte particulier. Un stresseur serait à l'origine d'une maladie physique. C'est pourquoi les centres du stress aux États-Unis sont, la plupart du temps, des centres de médecine psychosomatique.

Les théories relevant de la médecine psychosomatique sont issues de deux courants, d'une part la psychanalyse, d'autre part le comportementalisme.

La théorie psychanalytique a inspiré plusieurs écoles de psychosomatique. L'école de Chicago, sous l'impulsion de F. Alexander [18], a cherché à mettre en évidence un lien entre des modes de fonctionnement psychique et des troubles somatiques. Ce lien passerait par les systèmes nerveux sympathique et parasympathique, qui constituent ce qu'on appelle le système nerveux végétatif. Lorsque la tension émotionnelle n'est pas libérée ou extériorisée, elle opère un changement interne d'ordre végétatif qui aboutit au somatique. Par exemple, l'inhibition d'une attitude d'impatience, d'agressivité ou d'hostilité, excite le système sympathique, ce qui engendre des pathologies comme la migraine, l'hypertension artérielle ou l'arthrite. L'apparition de l'une de ces pathologies plutôt qu'une autre dépend du moment

---

18. *Psychosomatic Medecine*, New York, Norton, 1950.

de l'inhibition. Alexander compte sept grands types de pathologies qui, selon lui, relèvent de la psychosomatique. En fait, ses travaux ne sont pas utilisés par la psychiatrie moderne.

En France, l'école psychosomatique de Paris a, elle aussi, théorisé le lien entre psychisme et somatique à partir des thèses psychanalytiques. C'est P. Marty qui en a posé les bases dans *L'Ordre psychosomatique* [19]. La caractéristique initiale du sujet prédisposé à un trouble psychosomatique est de présenter un défaut d'intériorisation et donc de ne pas avoir de moyens de défense contre les désorganisations. Ces désorganisations font suite à des « événements qui intensifient la pression instinctuelle, qui raniment certains conflits, qui réduisent les capacités d'élaboration ». Elles aboutissent à la vie opératoire appelée aussi dépression essentielle. Celle-ci se caractérise par la disparition des rêves, et, sur le plan relationnel, par un appauvrissement affectif et une absence de représentation des fantasmes. L'inconscient reçoit, mais n'émet pas. Le sujet maintient une activité habituelle qui peut donner le change mais, en réalité, il n'a plus de désirs. Non investie, l'énergie pulsionnelle fait retour vers le corps en y engendrant des dégâts somatiques.

L'école de Paris est très active et traite, avec un certain succès, de nombreux patients souffrant de troubles psychosomatiques. Outre-Atlantique, un concept très proche de la pensée opératoire a été identifié par P.E. Sifneos : l'alexithymie [20]. Il s'agit de difficultés à exprimer ses émotions et d'une tendance à avoir une

19. Paris, Payot, 1980.
20. « The prevalence of alexithymic characteristics in psychosomatic patients », *Psychother. Psychosom.*, 22, 25-62, 1973.

vie imaginaire limitée. Cependant, elle ne saurait rendre compte de l'ensemble du phénomène de stress. Elle n'en a d'ailleurs pas l'ambition et Marty a écrit que les sujets qui ont une structure de personnalité spécifique et qui sont en état opératoire sont très peu nombreux. Il s'agit de troubles ne concernant qu'une frange très limitée de la population. Il n'en demeure pas moins que les théories de l'école de Paris servent de base à de nombreuses études cherchant à relier des traits psychologiques à des pathologies particulières, par exemple le cancer.

Comme toujours, les comportementalistes ont, pour leur part, une approche très pragmatique (certains diront trop). Ils centrent leur pratique sur les troubles qui ont un lien évident avec le psychisme. Comme les douleurs chroniques, dites fonctionnelles (c'est-à-dire sans qu'on leur trouve de support organique), ou encore la migraine. Pour eux, il s'agit d'amener un patient à modifier une attitude comportementale et un mode de traitement de l'information dont on fait l'hypothèse qu'ils provoquent ou entretiennent un trouble physique. Un autre courant, issu du cognitivo-comportementalisme, vise à déterminer des modes de personnalité qui favorisent le stress.

Les personnalités à stress

En 1959, M. Friedman et R. H. Rosenman[21] ont constaté que les patients qui étaient atteints de maladies cardio-vasculaires avaient fréquemment les mêmes traits

21. « Association of a specific overt behavior pattern with blood and cardiovascular findings », *JAMA*, 169, 1286-1295, 1959.

de personnalité. Ce qu'ils ont appelé le comportement de type A. Il repose sur trois types d'attitudes qui sont associées. La première concerne le rapport au temps. Le sentiment de l'urgence du temps rend particulièrement impatient et a tendance à faire considérer que tout moment (quel qu'il soit) doit être productif et que, si possible, il est préférable de faire plusieurs choses à la fois. La seconde est caractérisée par une tendance à tout voir sur le mode de la compétition. Pour un sujet qui a un comportement de type A, tout est défi à relever, ce qui entraîne une certaine agressivité dans ses rapports avec les autres. Enfin, on constate chez ces sujets une grande implication dans le travail. Ce mode de comportement est très valorisé dans nos sociétés, c'est le modèle du jeune cadre dynamique. Mais c'est aussi un comportement qui rend plus réactif aux stresseurs et constitue un facteur de risque cardio-vasculaire au même titre que le taux de cholestérol. L'hostilité en situation de stress est la caractéristique psychologique qui fragilise le plus sur le plan cardio-vasculaire.

Non seulement le comportement de type A est un facteur de risque cardio-vasculaire, mais on a pu montrer que, lorsqu'on apprend aux individus à modifier leur comportement après un accident coronarien, leur risque de rechute diminue de façon très significative.

Autre trait de personnalité qui joue un rôle dans la réactivité au stress : le lieu de contrôle. Lorsque le lieu de contrôle est externe, la responsabilité des événements qui se produisent est attribuée non à l'individu lui-même, mais au contexte dans lequel il évolue. À l'inverse, le lieu de contrôle interne correspond à la croyance que la responsablité des événements revient à l'individu. Au-delà du lien de causalité entre l'individu et la survenue d'événements heureux ou malheureux, le lieu de contrôle modifie les prévisions que l'individu fait par rapport aux résultats de ses actions. Comme le signale Silla Consoli, « force est de constater, dans une première approche, que le lieu de contrôle interne et la propension à la réussite sont étroitement liés. [...] Ceux de type interne ont tendance à s'informer beaucoup et de manière pertinente, à utiliser l'expérience acquise » [22]. La cause paraît entendue : il faudrait que chacun soit « interne » et donc apprendre aux « externes » à l'être un peu plus. Mais ce n'est pas si évident, et Silla Consoli précise qu'« il est vrai que les sujets de type externe se sentent souvent plus facilement stressés, ont des réactions émotionnelles plus fréquentes, se sentent plus vite anxieux et peuvent déprimer plus facilement. Cependant, les individus de type interne n'ont pas que des qualités et, en particulier, ils sont beaucoup moins adaptables. Ils résistent mieux aux tentatives d'influence que l'on peut exercer sur eux, et, en même temps, supportent moins bien le changement de cadre de travail ou de modes organisationnels qui pourraient leur être imposés ». Rien n'est simple.

C'est d'autant plus vrai que l'on a pu montrer l'intérêt que présente le fait de croiser cette dimension de lieu de contrôle avec le comportement de type A. En fait, les sujets les plus sensibles au stress sont ceux qui associent comportement de type A et contrôle externe et ceux qui joignent comportement de type B (l'inverse du A) et lieu de contrôle interne.

À l'inverse du comportement de type A qui fragilise face au stress, Suzanne Kobasa [23] a décrit la personnalité

---

22. Colloque international Stress, Santé et Management, Paris, 1992.

23. « Stressful life events, personality and health : An inquiry into hardiness », *J. Person. Soc. Psychol.*, 37, 1-11, 1979.

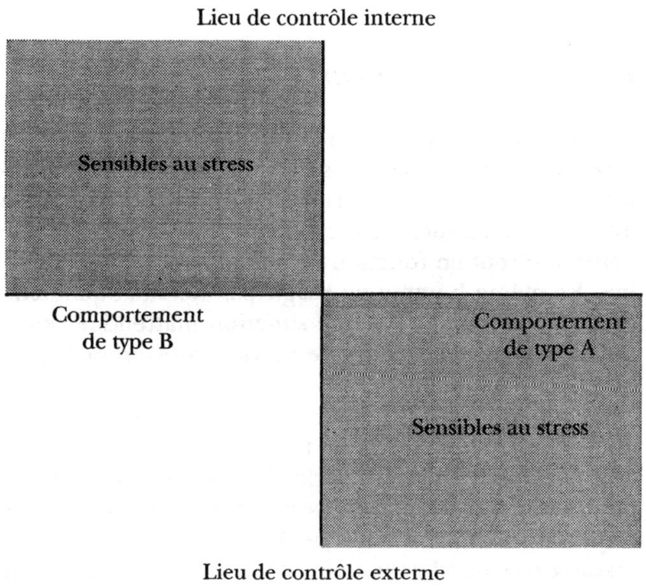

« hardie » qui protège face au stress. Elle associe, d'une part, la tendance à s'engager dans la vie, à donner sens aux événements ; d'autre part, à avoir un sentiment de contrôle dans les actes de la vie quotidienne, à considérer les événements nouveaux comme des défis et à avoir le goût de l'effort. Cependant, les traits de personnalité sont stables dans le temps et ne peuvent pas rendre compte entièrement de la manière de faire face aux stresseurs. C'est ce que tente de faire le concept de coping.

Faire face aux stresseurs

Comment expliquer et mesurer les manières de faire face aux situations de stress ? Il est évident qu'elles sont différentes pour chacun. Il est même probable que, pour un individu donné, elles évoluent au cours du temps, voire diffèrent en fonction du milieu dans lequel il évolue. Le même homme ne réagit pas systématiquement de la même manière à une situation inattendue selon qu'elle survient au cours de sa vie professionnelle ou de sa vie personnelle.

Le coping, contrairement à la personnalité, ne serait donc ni fixé une fois pour toutes ni même stable sur une période donnée ; il varie selon les moments et la position du sujet. Il en résulte une impression de grande dispersion lorsqu'on cherche à faire une synthèse des travaux très nombreux qui ont porté sur ce sujet.

Quelques points de repères émergent cependant. R. Lazarus a développé un modèle fondé sur l'évaluation de la situation. En situation de stress, le sujet se trouve dans un état psychologique caractérisé par la représentation interne particulière et problématique qu'il se fait de la transaction entre lui et son environnement. L'évaluation comprend deux processus : le processus primaire, au cours duquel l'individu se demande si cette situation particulière modifiera son bien-être et de quelle manière et le processus secondaire, qui se résume à la question de savoir s'il y a quelque chose à faire et quoi pour résoudre le problème. Il est donc clair que le processus primaire évalue le changement auquel il faut faire face et le processus secondaire, les capacités d'adaptation au changement.

Lazarus distingue ensuite deux types de coping. Le coping focalisé sur l'émotion qui consiste à tenter de contrôler les émotions suscitées par la situation et celui qui se focalise sur le problème avec une recherche de solutions et une mise en place de plans d'action. Il est évident que ce dernier est considéré comme plus efficace.

Dans la lignée de Lazarus, T. Cox a construit un modèle qui s'intègre dans un contexte plus large de santé au travail. Pour Cox [24], le stress est un état psychologique qui correspond à un décalage entre la perception que le sujet a d'une demande de l'environnement et l'idée qu'il a de ses capacités à y répondre. Il y aurait cinq étapes : la première consiste à décrire les caractéristiques de l'environnement ; la deuxième correspond à la perception du sujet en relation avec ses propres capacités de coping ; la troisième est celle des modifications physiologiques et psychologiques associées à la perception précédente et comprend le coping ; la quatrième est l'étape des conséquences du coping ; la cinquième est celle du *feed-back* de la situation. Pour cet auteur, les paramètres qui influenceraient l'évaluation de la situation seraient au nombre de quatre : l'expérience, les capacités personnelles de coping, le contrôle et enfin le support apporté par les autres.

D'autres dimensions, étudiées par Susan Folkman et Robert Lazarus [25], semblent jouer un rôle important dans les modes de coping : notamment l'évitement, l'acceptation des responsabilités, le contrôle de soi et la recherche d'un support social.

---

24. *Stress*, Londres, Macmillan et Baltimore, University Park Press, 1978.

25. « Coping as a mediator of emotion », *J. Person. Soc. Psychol.*, 54, 466-75, 1988.

S. Levine et H. Ursin [26] considèrent que les trois variables à prendre en compte sont le contrôle, la prévisibilité et le *feed-back*. Ces variables nous permettent de comprendre les données d'un problème précis, de traiter l'imprévu et de réduire l'incertitude. Grâce au contrôle, l'organisme élimine ou du moins régule la durée et l'intensité des stimuli. La prévisibilité atténue l'incertitude. Le *feed-back* réduit également cette incertitude dans la mesure où il apporte à l'organisme des informations sur l'efficacité et le succès de l'action en cours.

L'étude du coping, l'une des voies les plus fécondes de la recherche sur le stress, n'en est encore actuellement qu'à ses débuts. La définition même du coping est sujette à controverse, et la délimitation de ce qu'il doit mesurer est discutée. Il n'en demeure pas moins que cette dimension s'est imposée comme la plus importante pour progresser dans la compréhension du stress. À tel point que les physiologistes n'envisagent plus maintenant leurs travaux sans y recourir. En effet, on n'étudie plus l'impact direct d'un stresseur sur la physiologie de l'animal, mais on tient compte de certains paramètres de coping comme l'agressivité, la prévisibilité ou le contrôle.

Vers une définition

Chaque fois que l'on parle de stress, on fait référence à la rencontre de deux composantes : d'une part, un

---

26. *Coping and Health*, New York, Plenum, 1980.

individu, avec toutes ses particularités ; d'autre part, un environnement ou un contexte particulier. Il y a stress chaque fois que l'individu est sollicité par son environnement et doit s'adapter. Le froid lorsque je sors de chez moi, c'est du stress ; le téléphone qui me dérange, c'est du stress ; les embouteillages alors que je suis pressé, c'est encore du stress, tout comme la vie commune au début d'un mariage, une promotion professionnelle ou un succès sportif. Autrement dit, cette sollicitation de l'environnement qui nécessite un effort d'adaptation est un stress, qu'elle soit considérée comme une bonne chose ou qu'elle ne le soit pas. *Dès lors, un individu est stressé lorsqu'il doit fournir un effort pour s'adapter à son environnement.*

Le stress n'est pas bon ou mauvais en soi. On sait bien qu'à objectif de vente égal un commercial est stressé et pas un autre, qu'à quantité de travail identique une secrétaire se sent tout de suite débordée contrairement à sa collègue. Un même facteur de stress, selon les individus, est considéré comme une bonne ou une mauvaise chose. Plus encore, chez un individu donné, un facteur de stress, selon le moment où il est appliqué, est apprécié comme bon ou mauvais. Un fax exigeant une réponse urgente peut être un stimulant pour commencer sa journée – s'il arrive en fin d'après-midi, il peut gâcher la soirée, voire entraîner une insomnie. Si l'on exclut les facteurs de stress très graves et exceptionnels, comme les situations de guerre ou les accidents de la circulation, pour se limiter aux stresseurs de la vie quotidienne, il est donc absurde de parler de « bon stress » et de « mauvais stress ».

« Un peu de stress, c'est stimulant ; beaucoup de stress, c'est dangereux. » Cette vision purement quantitative ne correspond pas à la réalité. Selon les types de stresseurs et les individus qui y sont confrontés, *la quantité qui peut être supportée est très variable.*

Lorsqu'on se situe à un niveau individuel, *la question du stress est celle de la qualité de l'adaptation. Ceux qui s'adaptent bien sont de bons stressés, les autres de mauvais stressés.* S'il est évident que le stress doit aussi être abordé d'un point de vue environnemental (quels sont les stresseurs qui induisent quel type d'effet ?), cela ne doit pas dispenser de chercher à améliorer les capacités d'adaptation de l'individu.

3

Le salarié stressé : de la victime passive au manager actif

Au travail, comment cela se passe-t-il ? Le travail est une sollicitation, donc un stress. Mais comment se fait-il que des professionnels aussi différents que les enseignants, le personnel soignant des urgences ou les contrôleurs aériens se déclarent stressés ? Les sollicitations auxquelles ils sont soumis sont très variables. Pourtant, la plupart du temps, le stress professionnel n'est envisagé qu'en termes purement quantitatifs. J'ai souvent entendu, à propos du stress professionnel, une phrase qui paraphrasait un slogan publicitaire et qui, dans la bouche de ceux qui la prononçaient, était censée tout résumer : « Un peu, ça va ; beaucoup, bonjour les dégâts ! »

En fait, en matière de stress professionnel, beaucoup sont partisans de la pression extrême : elle permettrait d'obtenir la meilleure performance. Certains grands patrons se sont forgé la réputation d'être très favorables à cet usage du stress dans la gestion des ressources humaines. D'un autre côté, les études se multiplient qui montrent que le stress coûte cher, très cher aux entreprises qui, souvent, ne soupçonnent pas l'importance des dégâts qu'il peut faire. Dès que l'on parle argent, les choses deviennent sérieuses, surtout pour les Américains. Les Anglo-Saxons et les Scandinaves ont ainsi multiplié les études sur le stress professionnel afin d'en comprendre les mécanismes et d'en prévenir les effets négatifs tant pour le salarié que pour l'entreprise. Puis les chercheurs ont théorisé des modèles qui sont des variations autour du principe suivant. Le stress professionnel résulte de l'interaction entre différentes variables : les facteurs de stress (physiques, managériaux, psychosociaux, etc.), les composantes individuelles (personnalité, modes de coping), des variables modératrices (réseau social, types de soutien). Cette interaction engendre un certain nombre d'indicateurs de stress individuels (symptômes physiques ou psychologiques, modifications comportementales) et organisationnels (absentéisme, conflits sociaux, etc.).

Comprendre le stress professionnel

Lorsqu'on est stressé, le premier réflexe est de se demander : qu'est-ce qui me stresse ? Les chercheurs ont, dans un premier temps, suivi la même démarche. Les premières études sur le stress professionnel ont consisté à établir des listes de facteurs de stress comme celle-ci.

Facteurs de stress professionnel

- surcharge de travail en temps limité,
- gravité des erreurs possibles (risques vital, financier, etc.),
- sous-qualification,
- surqualification,
- charge mentale,
- sous-charge de travail,
- manque de reconnaissance de la performance,
- situations d'incertitude (urgences,bourse, etc.),
- objectifs mal définis,
- ambiguïté de rôle et de fonction,
- absence de participation aux décisions,
- conflits interpersonnels,
- responsabilité d'autres personnes,
- conflits de rôles, de priorités,
- frustration (par exemple, rétention ou privation d'informations),
- dévalorisation,
- climat organisationnel instable, restructurations,
- conflit entre les idéaux de l'entreprise et ceux des employés,
- environnement physique pénible (bruit, mauvais éclairage, encombrement, horaires décalés, etc.).

Ces études qui établissent, pour une profession donnée, les facteurs de stress, ont à peu près toutes abouti au même résultat. D'ailleurs, très vite, cette approche a montré ses limites. En effet, on sait bien que deux collègues ne réagissent pas de la même manière au même stresseur. Il est donc nécessaire d'introduire une dimension subjective ou psychologique dans la manière d'appréhender le stress. Enfin, l'aspect relationnel doit également être pris en compte.

La surcharge

Lise et Annie sont toutes deux secrétaires dans une PME. *Elles ont choisi d'être parfaitement interchangeables et se partagent l'ensemble des tâches qui vont de l'accueil à la tenue des comptes en passant par la frappe. Lorsque Lise se casse la jambe et annonce son absence pour plusieurs semaines, Annie, d'un commun accord avec son patron, décide de ne pas prendre d'intérimaire. Le travail ne sera sûrement pas aussi bien fait, mais elle fera face à l'essentiel. Elle ne se laisse pas impressionner par la quantité de travail, et lorsque le troisième jour elle réalise que des factures importantes n'ont pu partir, elle décide simplement d'arriver plus tôt et de rester plus tard. Le week-end, elle emporte son micro-ordinateur portable pour avancer la frappe. Au bout de trois semaines de ce régime, Annie commence à sentir une lassitude l'envahir, et la seule perspective de « tenir » encore trois semaines l'accable. Elle sent bien qu'elle va craquer. Elle n'est d'ailleurs pas la seule à le remarquer, et son entourage, qui a l'habitude de la voir toujours gaie et souriante, s'inquiète de son air taciturne.*

Annie est victime du stress de la surcharge. Il s'agit d'un décalage entre les capacités d'un individu et ce que son environnement de travail exige de lui. Le meilleur exemple est donné par Charlie Chaplin dans *Les Temps modernes*, où l'on voit Charlot visser des boulons à la chaîne et, lorsqu'elle s'accélère, être obligé de la suivre pour finalement être avalé par elle.

Cette conception du stress professionnel correspond à la notion de sursollicitation de l'individu par son environnement. Dans un premier temps, les facteurs physiques ont été étudiés. Il s'agit à la fois de l'effort physique que doit faire le sujet au cours de sa journée de travail et des caractéristiques physiques de l'ambiance dans laquelle il évolue (bruits, lumière, chaleur, etc.). Puis, par extension, la surcharge a pu couvrir l'ensemble des sollicitations quantitatives auquel le sujet a à faire face. Ainsi, pour un employé de bureau assis tout au long de la journée, la surcharge ne se compte pas en fonction de l'exercice physique qu'il fournit mais plus en termes de quantité de travail. Pourtant faut-il classer dans la même catégorie efforts physiques et efforts intellectuels ?

Classiquement, dans cette rubrique, on ne comptabilise pas les efforts intellectuels. Les auteurs ont tendance à les ranger dans une autre catégorie, appelée charge mentale. La charge mentale correspond à la fois aux aspects intellectuels du travail et à ses aspects psychologiques. Cette attitude est criticable, car elle conduit à confondre ces deux aspects très différents que sont la charge de travail intellectuel et le contexte psychologique dans lequel l'individu évolue. Par exemple, le calcul mental que doit effectuer la caissière d'un magasin ferait partie de sa charge mentale au même titre que la pression psychologique que son patron fait peser sur elle. Or il est évident qu'il s'agit ici de deux registres de stress très différents ; les réunir dans une même rubrique pourrait accroître une certaine confusion plutôt que de différencier les stresseurs.

À l'inverse, il paraît discutable de séparer l'effort mental de l'effort physique. En effet, le principe fondamental de l'étude de la surcharge consiste à mesurer les stresseurs spécifiques d'une population. Il s'agit d'évaluer tout ce qui est quantifiable dans les sollicitations auxquelles est soumise une profession, ainsi que les efforts fournis pour y faire face, voire les conséquences physiologiques qui en découlent. À ce titre, il est évidemment artificiel de séparer charge intellectuelle et charge physique. D'autant qu'à notre époque la tendance générale est à l'atténuation de la charge physique au profit des tâches intellectuelles.

Ces études portant sur la surcharge sont directement issues du modèle théorique de Selye. C'est le schéma stimulusréponse qui en constitue la base. On peut ainsi rechercher des corrélations entre deux dimensions quantitatives : d'une part, les stresseurs et, d'autre part, les constantes biologiques des salariés qui y sont soumis. Les chercheurs qui ont travaillé sur ce modèle sont principalement des épidémiologistes et des biologistes. Ce modèle très quantitatif reflète incontestablement une réalité du stress professionnel. C'est même l'aspect le plus visible et le plus souvent incriminé dès qu'on parle de stress professionnel. En effet, dès qu'une population est interrogée en direct sur ses propres stress professionnels, la plupart du temps, la surcharge est présentée comme une évidence. C'est le cas notamment d'un sondage réalisé par *L'Expansion* en octobre 1990 auprès de dirigeants qui, spontanément, citaient la surcharge de travail comme principal facteur de stress. Il existe d'ailleurs une bibliographie considérable qui décrit les sources de stress auxquelles sont soumises les professions les plus diverses.

Et pourtant, les psychosociologues ont souligné que cette dimension ne recouvrait pas l'ensemble des problèmes soulevés par le stress professionnel. De même que les cognitivistes ont insisté sur l'importance de la composante psychologique dans le stress, de même cet autre courant de chercheurs a introduit une autre dimension dans le stress professionnel.

Conditions psychologiques et représentations

En parallèle à la surcharge de travail caractérisée par le trop (trop de choses à faire, trop d'efforts à fournir, trop d'heures de travail, etc.), un autre contexte de stress professionnel serait lié à un manque. Le stress serait alors produit par une absence de satisfaction, un manque d'intérêt ou un déficit de gratifications... Plus généralement, le stress professionnel serait principalement engendré par un trop grand décalage entre les aspirations et ce qu'apporte le travail.

Louis a réussi un concours administratif pour travailler comme cadre dans une collectivité locale. Il était enchanté, à ses débuts, de prendre la responsabilité d'un petit service de cinq personnes. Très vite, il a eu l'idée d'améliorations qui permettraient une meilleure rentabilité sans augmenter la charge de travail de chacun. Sa responsable se montre intéressée, mais elle lui explique avec un sourire en coin qu'il faut d'abord obtenir l'accord de l'ensemble des parties concernées.

Lorsque, trois ans plus tard, Louis se remémore cet épisode, il s'étonne lui-même de l'énergie qu'il a déployée pour n'arriver à aucun résultat : la lourdeur du système avait eu raison de son enthousiasme. Aujourd'hui, Louis « a pris le pli », comme disent ses collègues. Il travaille au même rythme que les autres, qui lui paraissaient si lents à son arrivée ; il sait qu'il n'a que très peu prise sur le cours des choses et qu'il n'obtiendra sa mutation dans un poste plus intéressant que dans deux ans. Ses journées sont devenues pesantes et il attend comme un soulagement l'heure de la sortie. Il ne blâme plus sa secrétaire lorsqu'elle se fait arrêter quelques jours avec des certificats médicaux de complaisance. D'une certaine manière, il comprend.

La théorie du décalage psychologique repose sur l'idée selon laquelle le stress professionnel serait dû principalement au manque d'intérêt, de contrôle sur son travail, au manque de gratifications et de satisfactions. Il n'y a plus décalage entre les capacités physiques et la sollicitation de l'environnement, comme dans la surcharge, mais entre les aspirations du sujet, c'est-à-dire ce qu'il attend de son travail pour se réaliser lui-même et ce que lui procure réellement son travail [1]. Tout se passe comme si l'emploi n'était pas comme il devrait être. C'est le stress lié à certaines tâches très monotones, celui du « poinçonneur des Lilas », de la chanson de Serge Gainsbourg, qui fait des trous à longueur de journées, ou celle du gardien de nuit qui n'a qu'à attendre le petit jour en faisant quelques rondes.

Il est clair que ce décalage dépend pour une grande part de la subjectivité du sujet et de l'environnement dans lequel il évolue. Dans certains pays, comme le Japon, les tâches manuelles ou d'entretien, qui sont souvent dévalorisées chez nous, sont considérées comme importantes, et ceux qui les accomplissent sont respectés. Ainsi le balayeur japonais n'a-t-il pas la même représentation de son travail que son équivalent français. Le premier est convaincu de l'importance de sa

1. *Cf.* French J.R.P., Rogers W., Cobb R.S., « Adjustment as a person-environment fit », *in Coping nd Adaptation, Interdisciplinary Perspective,* Coelho, Hambury and adams éd., Basic Books, New York, 1974.

tâche pour l'entreprise qui l'emploie alors que le second se considère lui-même (et l'est souvent par les autres) comme ayant un emploi sans aucun intérêt, voire avilissant ou dégradant.

Les caractéristiques essentielles qui constituent les contraintes psychologiques d'un travail sont donc l'intérêt, l'autonomie, le contrôle et la satisfaction. En fait, ces paramètres sont très subjectifs et ce qui est déterminant, c'est le sentiment de réalisation personnelle que l'individu tire de son travail. Cet aspect paraît être considéré comme un point majeur du stress professionnel, comme en témoigne la loi votée au début des années quatre-vingt-dix par le parlement suédois. Elle comprend sept règles qui s'appliquent à tout employeur : le travail doit être adapté aux besoins et aux capacités du travailleur ; on doit autoriser le travailleur à participer à l'élaboration de son propre programme de travail ; le travail « à la pièce », qui peut inciter à prendre des risques, est limité ; les tâches trop simples et trop répétitives sont supprimées ; la variété et la continuité des tâches sont promues ; le développement personnel du sujet est valorisé ; enfin, l'employé doit se sentir responsable et autodéterminé dans son travail.

Toutes ces règles, à l'exception de la limitation du travail à la pièce, qui vise à éviter une surcharge trop importante, concernent les contraintes psychologiques et l'épanouissement du sujet dans son travail. Il s'agit de limiter l'ennui, de permettre une progression de l'individu, de lui donner une capacité de contrôle sur son travail et de promouvoir son développement personnel.

L'intention est louable, même si l'on imagine mal comment ce type de loi peut être réellement respecté dans tous les secteurs et pour toutes les catégories de salariés. Il n'en reste pas moins que les experts consultés par le gouvernement suédois pour concevoir cette loi ont considéré qu'aujourd'hui les risques liés au stress professionnel se situent beaucoup plus dans le registre de l'absence d'épanouissement du salarié que dans celui de sa sursollicitation par l'employeur.

Le manager et le fonctionnaire

Ces deux catégories de stress professionnel (surcharge et conditions psychologiques) sont réparties de façon inégale selon les professions. Ainsi, le PDG a une forte surcharge et une représentation très positive de son travail, dans la mesure où il est souvent débordé, mais il peut trouver un épanouissement personnel dans ce qu'il fait. À l'inverse, l'image caricaturale du fonctionnaire est celle d'un sujet qui n'a pas de surcharge et n'est pas débordé de travail, mais a une mauvaise représentation de sa tâche, souvent considérée comme peu épanouissante. Il existe aussi des professions qui peuvent cumuler les deux types de stress comme celle de manœuvre ou d'ouvrier à la chaîne.

On ne supporte pas tous de la même manière ces deux types de stress. L'un cherche à tout prix le pouvoir et les responsabilités, tandis que l'autre préfère la tranquillité et le calme. *Attention, dès lors, aux conceptions qui visent à imposer à tous des conditions de stress identiques.* Il est évident que nous n'investissons pas tous de la même façon notre activité professionnelle et que les doses de surcharge que nous sommes prêts à supporter varient en fonction des contraintes psychologiques qu'elles peuvent comporter. Il appartient à chacun d'évaluer où se trouve son point d'équilibre et de choisir une activité qui en tienne compte.

L'étude APREMET sur le stress professionnel de 1992 [2] précise que 80 % des salariés portent un avis négatif sur un emploi comportant :

– un effort mental minime,

– un travail monotone,

– des responsabilités nulles,

– une absence de possibilité d'influencer l'organisation du travail,

– une absence d'autonomie,

– une absence d'information sur des objectifs d'entreprise,

– une absence d'information sur les résultats du travail,

– une absence de possibilité de promotion,

Tous ces critères sont de nature à engendrer une détérioration de la représentation que l'on a de son travail et de mauvaises conditions psychologiques. Cependant, il est remarquable non pas tant que 80 % des salariés les jugent négatifs mais que 20 % ne les juge pas négatifs. Ce qui voudrait dire que, contrairement aux idées reçues, pour certains salariés, l'autonomie, la variété des tâches et les responsabilités pourraient constituer un facteur de stress plus important lorsqu'ils sont présents que lorsqu'ils sont absents. Cela correspond à des observations de médecins du travail de l'industrie automobile qui ont constaté que la modification du travail à la chaîne, pour rendre les tâches plus riches et donc plus complexes, était à l'origine d'un stress nouveau et insurmontable pour certains salariés. Dans le

2. *Op. cit.*

domaine du stress, comme dans d'autres, on veut souvent faire le bonheur des gens contre leur gré.

Le relationnel

C'est décidé, Christine va demander sa mutation. Pas question de démissionner lorsqu'on est salariée d'une grande banque, compte tenu du chômage actuel et des avantages sociaux de l'entreprise. Pourtant, l'ambiance de son service est tellement mauvaise qu'elle ne la supporte plus. Même si on la mute dans une agence plus éloignée de son domicile, elle acceptera. Mieux vaut une heure de transport supplémentaire que ces disputes permanentes.

Tout a commencé lorsque le nouveau directeur adjoint de l'agence est arrivé. Jeune diplômé, tout juste sorti de son école de commerce, il a commencé à vouloir appliquer les méthodes de gestion qu'il avait apprises. Mais le directeur, un ancien sorti du rang, qui est passé par toutes les fonctions, ne l'entend pas de cette oreille.

La motivation, il n'a pas attendu la « dernière théorie venue des États-Unis » pour en appliquer les principes et il n'a pas envie d'en changer. Très vite, le conflit est devenu ouvert, et les collaborateurs ont choisi leur camp. Depuis, c'est la guerre de tranchées, tout est prétexte à mauvaise foi, à suspicion et à sous-entendus.

Christine en est même arrivée à se disputer avec son collègue le plus ancien, qu'elle connaît depuis plus de dix ans, avec lequel elle avait presque des rapports amicaux. C'en est trop, il faut qu'elle parte.

Aux deux catégories précédentes de stress professionnel, s'ajoute une troisième : *les relations interindivi-*

duelles. En effet, des études récentes ont montré que l'une des toutes premières causes de stress est liée aux conflits interpersonnels et à l'ambiance : au travail, le stress, c'est les autres.

On passe plus de temps avec son entourage professionnel qu'avec sa famille. Cette proximité, c'est bien naturel, suscite des tensions entre les personnes parfois très difficiles à vivre. Ce stress relationnel peut prendre des formes très différentes. Parfois, tout passe dans le non-dit, on s'évite, on ne se dit pas bonjour et l'on sent confusément une forte hostilité de l'autre. Ailleurs, ce qui est difficile, c'est la pression qui pèse sur vous. Tout le monde vous sollicite en permanence et vous n'arrivez pas à ne pas vous laisser envahir ni à dire non sans vous énerver ou vous culpabiliser. Enfin, il arrive que les conflits éclatent dans toute leur violence avec tout ce que cela comporte de traumatisant pour tout le monde.

En réalité, si l'ambiance de travail a toujours été un paramètre très important de la vie au travail, cet aspect n'avait jamais été évoqué, jusqu'à une période récente, comme facteur de stress professionnel à part entière. Aujourd'hui, cette dimension est devenue très importante, peut-être la plus importante. C'est sans doute lié au changement profond des relations au sein de l'entreprise, nous y reviendrons. Ce changement de relation se situe à deux niveaux : changement de relations entre les salariés et de relations entre les salariés et leur entreprise.

La psychopathologie du travail

En France, il existe très peu d'études sur le stress professionnel. Le principe comportementaliste (stimulus-réponse) a paru trop trivial aux chercheurs pour leur servir de base de recherche. Ils n'en n'ont pas pour autant délaissé les questions que pose l'interaction de l'individu avec son travail. Simplement, une discipline appelée psychopathologie du travail est apparue. Au début, les chercheurs se sont efforcés de mettre en évidence les troubles psychiques qui pouvaient être occasionnés par le travail. Les premières études des années cinquante portaient notamment sur des téléphonistes [3].

Aujourd'hui, le représentant le plus célèbre de la psychopathologie du travail est Christophe Dejours, qui écrit : « Le champ propre de la psychopathologie du travail est bien celui de la souffrance, de son contenu, de sa signification et de ses formes [4]. » Le terme de psychopathologie est clairement utilisé en référence aux travaux de Freud.

De plus, comme l'écrit J.-F. Chanlat, « la question de la souffrance et du plaisir engendrés par l'organisation du travail se pose toujours en termes de rapport social. L'individu souffrant n'est jamais dissocié du groupe auquel il appartient et des rapports que ce groupe entretient avec les autres dans un cadre de travail précis,

---

3. J. Bégoin, *La Névrose des téléphonistes et des mécanographes*, thèse, Faculté de médecine de Paris, 1957.

4. *Plaisir et souffrance dans le travail*, Paris, Éditions de l'AOCIP, 1987.

notamment avec les représentants des différents niveaux hiérarchiques [5] ». Autre référence que l'on retrouve constamment dans les travaux de C. Dejours : le marxisme. Celui qui est en position dominante trouve nécessairement une « méthode d'assujettissement s'inscrivant dans une logique organisationnelle ». Dans ce monde qui nous est décrit, il y a toujours des opprimés et des oppresseurs, des victimes et des bourreaux, les uns et les autres ayant leur rôle « inscrit » dans la logique de l'organisation du travail. Le travail du chercheur consiste à analyser la souffrance des premiers afin d'en comprendre les mécanismes. Si dans les intitulés des travaux de psychopathologie du travail on parle de plaisir et de souffrance, dans leur contenu la souffrance occupe l'intégralité de l'espace.

Cependant, la psychopathologie du travail est une véritable école qui a donné en France de très nombreuses analyses des mécanismes psychologiques mobilisés par les contraintes professionnelles. Dans ce domaine, le concept psychanalytique de défense est indispensable pour comprendre comment l'individu fait face aux stresseurs professionnels. On insiste, en particulier, sur l'importance de la subjectivité dans tout travail sur le stress professionnel (registre dans lequel elle se défend de travailler). Il est en effet évident que, plus que l'objectivité du facteur de stress, ce qui est essentiel est la manière de se le représenter et de le vivre.

L'usage de cette subjectivité appelle deux remarques. L'importance de la subjectivité ne doit pas pour autant

---

5. J.-F. Chanlat, « Stress, psychopathologie du travail et gestion » dans *L'Individu dans l'organisation, les dimensions oubliées*, Presses de l'université de Laval, Éditions Eska, 1990.

faire renoncer à une approche objective complémentaire. Lorsque Dejours écrit qu'« une fois pour toutes, nous laissons de côté les observations quantitatives, les statistiques, les questionnaires ouverts et fermés [6] », il est excessif et se prive de sources d'informations importantes. Plus encore, en étudiant d'emblée la subjectivité en s'appuyant sur un référentiel précis, il s'inscrit à contre-courant de la méthodologie des sciences humaines telle qu'elle est pratiquée actuellement et qui, avant d'analyser et d'appliquer des grilles de lecture, s'astreint à une description la plus « objective » possible des faits. Par ailleurs, la psychanalyse n'est pas la seule manière d'appréhender cette subjectivité. Les sciences cognitives et le courant systémique ont considérablement enrichi le prisme analytique. Ne pas en utiliser les ressources pour étudier un phénomène aussi complexe que le stress professionnel est une attitude d'arrière-garde qui pense avoir trouvé « la Vérité » dans son choix idéologique.

En complément de la psychopathologie du travail, un autre courant est apparu en France. Des psychosociologues comme Nicole Aubert et Vincent de Gaulejac ont, en effet, montré comment l'organisation du travail retentit sur le psychisme des individus en se référant essentiellement à la psychanalyse. Cette approche a donné lieu à des études très pertinentes, décrites notamment dans *Le Coût de l'excellence* [7].

---

6. *Le Travail, usure mentale : essai de psychopathologie du travail*, Paris, Le Centurion, 1980.
7. Le Seuil, Paris, 1992.

De l'idéologie au pragmatisme

La conception que l'on a de l'homme influe sur la manière d'aborder le problème du stress professionnel. Celui-ci est défini par l'interaction entre des contraintes professionnelles imposées par la structure et le salarié. Il peut être tentant de tout ramener aux contraintes en considérant qu'il s'agit principalement d'abaisser le nombre et l'intensité des stresseurs pour résoudre le problème du stress. À l'inverse, on peut considérer que tout est affaire de particularités individuelles. Puisqu'à facteurs de stress égaux certains individus s'adaptent et d'autres ne s'adaptent pas, les seconds n'ont qu'à prendre modèle sur les premiers, et le problème du stress professionnel sera résolu.

Ainsi formulée, la problématique se résume au dialogue social : d'un côté, les syndicats incriminent les structures et demandent à les modifier ; de l'autre, le patronat qui sollicite les individus afin qu'ils s'adaptent mieux à contraintes égales. On peut aussi opposer une vision collectiviste à une vision libérale.

En fonction de son expérience, de ses convictions et de sa situation professionnelle, chacun trouve des « confirmations » de sa conception du stress professionnel. Les chercheurs n'ont pas échappé à ce clivage idéologique et se positionnent souvent dans l'un des deux camps. C'est très clair dans le cas de la psychopathologie du travail mais aussi pour certains chercheurs américains qui ne se centrent que sur le coping et l'adaptabilité des individus sans s'interroger sur le problème du contexte dans lequel ils évoluent.

Notre conception se situe à mi-chemin de ces deux extrêmes. Toute étude du stress professionnel doit comprendre une analyse des contraintes spécifiques qui pèsent sur la population étudiée et un examen précis de cette population, tenant compte de ses difficultés d'adaptation et des effets du stress sur elle.

Deuxième partie

L'entreprise et son capital homme

4

Les nouveaux stress de l'entreprise

L'entreprise a considérablement évolué au cours de ces dernières années. Cette mutation n'a pas seulement touché ses structures, mais aussi la fonction que la société lui donne. Accusée d'être à l'origine du grand mal de notre époque, le chômage, elle est dans le même temps chargée d'y remédier. Recours d'une société qui a perdu ses points de repère, elle est aussi celle des particuliers. Aujourd'hui, lorsqu'un artiste a besoin d'un mécène, un écologiste d'un soutien pour mener une action ou un chercheur d'une bourse, c'est de plus en plus vers l'entreprise qu'il se tourne. Les années quatre-vingt ont vu un nouveau type de héros émerger : le chef d'entreprise dynamique, créateur d'emplois et porteur d'espoir de réussite pour chacun.

Au-delà de ces stéréotypes et de la brutale promotion de l'entreprise, on a pu assister à de profonds changements dans son sein même : ils ont bouleversé la manière dont est vécu le travail. Les contraintes se sont modifiées, et les facteurs de stress sont bien différents de ce qu'ils pouvaient être autrefois, tels qu'ils étaient énumérés dans la liste présentée au chapitre 3.

Changer les structures change les relations

La plus visible des tendances qui ont touché l'ensemble des entreprises au cours de ces dernières décennies est la détaylorisation. De structures pyramidales rigides on est passé à des organisations comprenant beaucoup moins de niveaux hiérarchiques et adoptant même parfois le modèle du réseau. L'objectif était clair : introduire plus de souplesse, plus de flexibilité, favoriser les échanges, figés dans les systèmes trop hiérarchisés. Globalement, on peut considérer que les entreprises qui ont accompli cette réforme de structure ont atteint leur but. Quant aux salariés, ils se retrouvent bien plus nombreux au même niveau hiérarchique.

Ce remède, comme c'est souvent le cas, présente cependant quelques effets secondaires. Le système précédent, fondé sur la différence hiérarchique entre les salariés, avait l'avantage d'introduire un mode de régulation des relations qui reposait sur l'autorité. Il y avait toujours un « chef », ne serait-ce que par l'ancienneté. Le meilleur exemple de ce système pyramidal est l'armée. Pourquoi, en apparence du moins, n'existe-t-il jamais de conflit entre militaires ? Parce qu'il y en a toujours un qui est « le chef de l'autre ». Or chacun sait bien que « le chef a toujours raison ».

Le tassement des pyramides a eu notamment pour effet de placer les individus en rivalité les uns par rapport aux autres. Pour créer de la rivalité, il suffit de mettre les protagonistes en position plus égalitaire (c'est le cas des compétitions sportives où ne concourent que des candidats correspondant à des normes identiques). Cette rivalité est censée favoriser l'émulation et permettre aux individus de se dépasser. Mais qui dit rivalité dit conflit potentiel. Tel est le premier effet secondaire de la « thérapeutique structurelle » appliquée aux entreprises. Cette croissance des tensions interindividuelles dans l'entreprise est encore accentuée par deux phénomènes : l'absence de régulation de la relation et le flou dans la délimitation des territoires.

L'autorité est un mode élémentaire de régulation des relations, mais, comme telle, elle fonctionne. Aujourd'hui, l'autorité existe encore, mais, par définition, pas à niveau hiérarchique équivalent. Les salariés placés à des niveaux hiérarchiques identiques doivent trouver, voire créer eux-mêmes, les règles qui régissent leurs relations. Dès lors, celles-ci ne peuvent qu'être implicites, c'est-à-dire fondées sur du non-dit et intériorisées par chacun de façon différente. Nous nous trouvons donc dans une situation où les relations sont négociées, avec une règle du jeu qui n'est pas claire. Rien n'est établi, les salariés tâtonnent dans le domaine relationnel, comme un aveugle qui évolue au sein d'un milieu dans lequel il tente d'éviter les pièges de son environnement sans pouvoir anticiper ses prochains pas.

La complexité du jeu relationnel est encore amplifiée par un certain flou dans la définition des zones de responsabilités. Le management affirme souvent que « chacun doit avoir la place qu'il prend », refusant ainsi de fixer des frontières rigides entre le champ d'action des uns et celui des autres. Or, par définition, l'absence de frontières bien établies crée des conflits... frontaliers. L'entreprise n'échappe pas à cette loi universelle.

En somme, au sein de l'entreprise, les individus sont en compétition les uns par rapport aux autres sans règle du jeu bien définie et sans connaître le terrain de jeu. En termes de facteur de stress, cela engendre une perte de contrôle des situations et la crainte de voir surgir des situations nouvelles sans pouvoir agir sur elles. Pour compenser cette perte de contrôle, la réaction la plus courante consiste à tenter de reprendre l'ascendant sur l'autre. Il n'est donc pas étonnant que ce mode de fonctionnement soit susceptible de créer des tensions. C'est la raison pour laquelle les conflits interpersonnels sont en passe de devenir l'un des premiers – sinon le premier – facteurs de stress professionnel. D'autant plus qu'aux changements que nous avons décrits s'ajoute une autre mutation majeure qui vient encore accentuer ce phénomène : la montée de l'affectif.

La montée de l'affectif

Question : quelle est la principale qualité requise pour un chef d'entreprise ? Réponse : être charismatique. Question : que demande-t-on avant tout à un collaborateur ? Réponse : qu'il soit motivé [1].

Le charisme correspond aux qualités d'un individu capable d'entraîner derrière lui le plus grand nombre. Il s'agit d'avoir une personnalité forte et de savoir se faire aimer.

La motivation définit les forces qui nous poussent à réaliser quelque chose. Ces forces, comme les psycha-

1. Sondage *L'Expansion,* début des années quatre-vingt-dix.

nalystes l'ont montré depuis longtemps, sont toujours de l'énergie affective qui est plus ou moins sublimée. On reste dans le registre amoureux. Rien d'étonnant à cela, pourrait-on dire, dans la mesure où l'amour est la grande affaire de la vie. Certes, mais, dans l'entreprise, il a pris ces dernières années une place de plus en plus importante au point de modifier profondément les particularités du stress professionnel.

Pascal est responsable du personnel d'une filiale française d'un groupe international de distribution. Rebelle au système scolaire, il est entré très tôt dans la vie professionnelle et a régulièrement gravi les échelons en commençant par le commercial, puis en accédant progressivement à des postes de responsabilité. Il sait que si à trente-cinq ans il a « réussi », c'est grâce à ses qualités humaines. De plus, lorsqu'il se sent investi d'une tâche, il la mène à bout quoi qu'il arrive. Combien de soirées et de dimanches a-t-il passés à se consacrer à travailler ?

Françoise, son épouse, a renoncé à le faire participer à la plupart des moments forts de la vie de famille et elle s'est « organisée » sans lui. Après avoir lutté pour qu'il soit plus présent et s'occupe plus des enfants, elle a compris qu'il valait mieux ne pas insister. D'ailleurs, Pascal est tellement épuisé par son travail que les contacts ne sont pas faciles et qu'il s'énerve très vite.

En revanche, au travail, Pascal est un autre homme. Toujours gai et chaleureux, il fait preuve d'une grande disponibilité à l'égard de ses collaborateurs. Il sait les dynamiser, leur donner l'élan nécessaire pour s'investir dans des objectifs qu'il place toujours haut. Mais la qualité qui est le plus appréciée par son entourage professionnel, c'est sa capacité à trouver de nouvelles idées. Devant chaque nouveau problème, il invente des solu-

tions nouvelles. C'est souvent très original, parfois impossible à appliquer et de temps en temps très innovant et utile.

Les mérites professionnels de Pascal tiennent surtout à ses qualités humaines, qui s'organisent autour de son désir de réussite dans ce qu'il réalise et pour la structure qui l'emploie. On peut en distinguer trois types.

Tout d'abord, l'*énergie*, l'élan, le dynamisme dont il fait preuve dans son travail. Comme c'est bien souvent le cas, cette énergie est mise dans le travail aux dépens des autres registres de vie (vie familiale, vie de loisir, vie amicale).

Viennent ensuite ses *relations avec les autres* dans le travail. Pascal est à la fois un modèle par sa capacité à entraîner les autres dans son sillage et son éternelle bonne humeur, mais il joue aussi un rôle de liant et permet que les relations soient plus faciles entre les membres de son entourage.

Enfin, il possède une qualité très recherchée en entreprise : la *créativité*. Il imagine, élabore, trouve de nouveaux projets ou de nouvelles solutions face aux événements qu'il rencontre.

Toutes ces qualités sont aujourd'hui très prisées. Si autrefois on cherchait un collaborateur ponctuel, prompt à exécuter les ordres et fiable, on lui demande aujourd'hui d'être avant tout motivé, créatif et de se donner avec passion à l'entreprise qui l'emploie.

C'est le registre affectif qui est sollicité, au moins autant sinon plus que le registre professionnel ou celui de la discipline.

Au cours des années quatre-vingt, la sollicitation affective passait souvent par les stages extrêmes. Leur objectif avoué était de mobiliser les équipes et de renforcer les liens entre les individus. Il s'agissait donc de stimuler la dimension affective à deux niveaux : le niveau interpersonnel au sein de l'équipe et la relation que chaque salarié entretient avec l'entreprise. Le principe du stage extrême était simple : l'individu devait symboliquement mettre sa vie en jeu pour l'entreprise.

Que l'on se jette dans le vide attaché à un élastique, que l'on parte faire un raid dans le Sahara, ou que l'on marche sur des braises, ce qui se joue symboliquement est toujours identique : le sentiment de risque physique pour ou dans le cadre de l'entreprise. Il est clair que cette prise de risque, en apparence volontaire, sollicite affectivement beaucoup les sujets et que cette charge affective se porte sur l'entreprise et les collègues avec lesquels ces moments très chargés émotionnellement ont été partagés. Il en reste une intimité similaire à celle qui existe entre les anciens camarades de service militaire.

Les stages extrêmes ont aujourd'hui pris une autre forme. Si l'on exclut les jeux de guerre où le salarié se transforme en soldat muni d'une arme qui projette des boules enduites de peinture, dans la plupart des cas le *team building* utilise plutôt des sports à sensations fortes, comme le vélo tout-terrain ou la conduite de voitures de course sur circuit.

Mais la sollicitation affective peut prendre une forme beaucoup plus douce. Le mouvement *New Age*, parti de Californie et arrivé en France au début des années quatre-vingt-dix, a pour l'instant un impact limité : il repose sur l'idée selon laquelle il faut être à l'écoute de ses émotions pour trouver sa vérité et sa voie. En revanche, les gourous américains qui prônent une certaine méfiance vis-à-vis de la rationalité pour exalter les vertus de l'intuition ont de nombreux adeptes en

France [2]. Or de nombreuses études de psychologie expérimentale ont montré que l'intuition est directement dépendante de l'état émotionnel du sujet. Cet éloge de l'intuition est une autre manière d'inviter à privilégier le registre affectif.

Autre expression de l'affectif et de l'irrationnel dans l'entreprise : l'usage des parasciences. Une parascience, c'est une « science Canada Dry ». Elle a l'apparence de la science, le discours de la science, les rituels de la science, mais ce n'est pas une science. Elle est surtout utilisée dans le recrutement pour apporter une prétendue certitude là où les techniques issues des sciences humaines ne peuvent que suggérer des probabilités. Comme le dirigeant a peur de se tromper, lorsque le discours rationnel n'est plus suffisant pour apaiser ses craintes, il fait appel au discours irrationnel. C'est ainsi que l'on a vu fleurir dans les cabinets de recrutement des astrologues, des numérologues ou des morphopsychologues qui s'autorisent à certifier à celui qui doute que les astres, les chiffres ou la forme d'un nez contiennent suffisamment de preuves pour ne plus douter.

Tous ces modes de sollicitation de l'affectif fragilisent les individus. *Plus quelqu'un est motivé, plus il est fragile.* Comment dire à un cadre qui a mis tout son cœur dans son travail, qui y a consacré ses week-ends et qui a tout donné pour bien faire que son travail n'est pas bon ? Pourtant, c'est peut-être objectivement le cas. Les messages professionnels sont beaucoup plus difficiles à faire passer dans un contexte où l'affectif est très sollicité. Tout est déformé et interprété sur le mode de l'amour et du désamour. Cela engendre une susceptibilité

---

2. Voir Meryem Le Saget, *Le Manager intuitif*, Paris, Dunod, 1992.

extrême. Une critique est d'emblée entendue comme un désavœu, une remarque sur le travail, comme une remise en cause personnelle. Tout se passe comme si on tentait de transmettre un message rationnel à quelqu'un qui réagit sur un mode irrationnel.

Cette fragilisation complique encore les relations interindividuelles. Les salariés, dont les rivalités sont exacerbées et qui ressentent les messages de leur hiérarchie sur un mode affectif, nourrissent entre eux une jalousie comparable à celle des femmes vivant dans un harem. L'enjeu, c'est l'amour du patron. Celui-ci, notamment dans les PME, reconnaît passer de plus en plus de temps à régler les problèmes ayant trait aux personnes. Cela risque encore de s'accentuer, car c'est l'effet direct des réformes de structure de son entreprise et de la motivation de son personnel.

Cette mobilisation affective a aussi des conséquences sur la relation qui lie l'individu à son entreprise.

L'affectif comme lien entre l'individu et l'entreprise

Le sociologue Philippe D'Iribarne oppose l'éthique japonaise à l'éthique anglo-saxonne dans les entreprises. L'éthique japonaise est fondée sur la notion de réciprocité. L'entreprise donne au salarié autant qu'elle lui demande. Lui demandant beaucoup, elle lui donne beaucoup. La relation est fondée sur le respect mutuel ; les niveaux hiérarchiques les plus bas savent qu'ils sont respectés dans ce qu'ils font et leurs tâches sont valorisées. C'est le principe de l'emploi à vie, qui existe encore dans les grandes entreprises japonaises. Le salarié peut se donner à l'entreprise sans arrière-pensée, il sait que l'entreprise lui garantit ce dont il a besoin et que la solidarité fonctionne parfaitement. De fait, après le premier choc pétrolier, les grandes entreprises occidentales ont, pour la plupart, licencié une partie de leur personnel alors que les grandes entreprises japonaises ont diminué tous les salaires (à commencer par celui du président) mais n'ont licencié personne. Cette réciprocité entraîne des rapports de confiance et des relations très personnalisées entre les protagonistes. Cette grande confiance existe aussi dans les rapports avec les clients et les fournisseurs, qui sont souvent fidélisés sur le long terme.

Dans ce système très collectiviste, l'individu sait que le groupe le soutient ; en échange de quoi, il lui semble normal de faire passer ses propres désirs au second plan. Il accepte l'arbitraire dans la mesure où l'entreprise en tire profit. Lorsqu'un jeune diplômé d'une des meilleures universités japonaises entre dans un grand groupe, il sait que c'est pour la vie. Après un stage de quelques mois, on lui attribue une première fonction. Bien souvent, elle ne correspond pas à ses désirs. Ainsi, alors qu'il avait souhaité faire du commerce international, il est nommé à la production, mais il se soumet.

Le système est fusionnel. Ce qui arrive à l'individu rejaillit sur l'entreprise, et *vice versa.* Dans une grande entreprise de sous-traitance automobile, le portrait de certains salariés est affiché dans le hall d'entrée avec une pastille rouge. Ce sont les derniers salariés qui ont eu un accident de voiture. Ils sont ainsi comme mis à l'index puisqu'ils ont contribué à donner une image négative de l'automobile dans le public, ce qui nuit à leur entreprise.

Ce rapport très fusionnel, qui abolit toute distance entre l'individu et la structure qui l'emploie, repose sur une surmobilisation affective des individus. Le lien affectif avec l'entreprise est implicite, évident et absolument nécessaire compte tenu du système.

L'éthique américaine de l'entreprise est tout autre. Elle repose sur la crainte de l'arbitraire et la protection du plus faible. Il s'agit donc d'établir des règles très strictes qui permettent d'éviter de faire entrer des éléments de subjectivité dans les décisions qui sont prises. Le salarié se tient strictement à ce qui lui est demandé en échange de son salaire. Tout ajout est comptabilisé et rémunéré. On comprend que, dans ce système, les salariés aient souvent recours aux tribunaux contre leur employeur. Ces procès traduisent la crainte d'être exploité.

De même, des règles précises sont censées régir les promotions et les affectations. Afin de se préserver de l'arbitraire, il faut dépersonnaliser les relations pour n'y maintenir que ce qui est strictement professionnel. C'est ainsi que l'on ne doit faire aucune différence entre les hommes et les femmes. La relation est dépersonnalisée et désexualisée. Ce n'est pas un hasard si c'est aux États-Unis qu'on est le plus sensible au harcèlement sexuel, lequel vient heurter de front l'éthique anglo-saxonne, lorsque celui qui est en position de pouvoir fait pression sur ses collaboratrices. Dans ce système contractuel, on tente de limiter le plus possible les aspects affectifs, en raison de la dimension subjective et irrationnelle qu'ils véhiculent, au profit de règles rationnelles qui garantissent un traitement égal pour tous.

Il est clair que ces deux modèles, ainsi schématisés, ne se rencontrent pas nécessairement dans toutes les entreprises japonaises ou américaines. Il ne s'agit là que d'une typologie permettant de poser des points de repères pour définir le lien qui unit les salariés à leur entreprise. Qu'en est-il en France ?

La sollicitation affective des cadres est proche du système japonais. L'objectif est de réduire la distance entre le cadre et son entreprise afin qu'il prenne à cœur ce qui arrive à l'entreprise, qu'il se consacre pleinement à sa réussite et qu'il lui donne le meilleur de son énergie. Les managers français ont d'ailleurs souvent fait des voyages d'étude au Japon, devenu la référence universelle. La motivation, l'amour que l'individu est capable de porter à la structure qui l'emploie sont au premier rang des critères de sélection des cadres.

Aujourd'hui, la profession est un élément structurant essentiel de l'identité des cadres ; ils se prêtent donc volontiers au jeu dans lequel les poussent leurs entreprises. Ils entrent facilement dans cette adhésion massive que l'on sollicite chez eux, car elle leur donne un sentiment d'appartenance. On peut d'ailleurs s'interroger sur l'impact de la diminution du temps de travail chez cette population qui investit tellement dans sa profession. Celle-ci est un élément identitaire fort.

Cependant, si ce phénomène était dominant au cours des années quatre-vingt, le début des années quatre-vingt-dix a été marqué par une certaine prise de distance. Les observateurs ont parlé de « divorce entre les cadres et leur entreprise » ou de désenchantement des cadres. Il est vrai que cette période a vu apparaître un phénomène nouveau : le chômage d'une partie de cette population qui jusqu'à présent avait été épargnée. En réalité, la crise a brutalement fait prendre conscience aux cadres que, s'ils étaient stimulés dans un registre affectif « à la japonaise », il n'existait pas de réciprocité comparable à celle qui rend le système japonais cohérent. En situation de crise économique, l'entreprise ne peut plus se situer dans un registre affectif. Il ne s'agit plus de « faire du sentiment ». Naguère, le cadre savait qu'en échange de son travail, il avait son salaire, mais il avait l'illusion qu'en échange de sa motivation et de l'affectif qu'il mettait dans l'entreprise il aurait de la reconnaissance. La désillusion a été brutale. Les cadres ont été lancés dans la guerre économique comme de bons soldats défendant le patriotisme d'entreprise et ils s'aperçoivent qu'en cas de retraite on les traite comme des mercenaires.

On constate aujourd'hui cette désillusion chez les cadres de quarante à quarante-cinq ans qui ont acquis leur position par promotion interne dans le secteur des services. Ils sont souvent entrés dans une banque ou une compagnie d'assurances du secteur nationalisé et ont gravi les échelons en travaillant beaucoup. Ils ont un lien affectif très fort avec une structure dans laquelle ils travaillent souvent depuis plus de vingt ans. Aujourd'hui, sous l'effet conjugué des privatisations, de la crise économique, de l'évolution de leur métier et de l'arrivée sur le marché de jeunes diplômés, ils ont le sentiment qu'ils n'ont plus de possibilité d'avenir et de promotion. Autrement dit, la réciprocité du système qui mettait en face de leur motivation une reconnaissance de leurs efforts par une progression de carrière, mais aussi par une valorisation de leur rôle, ne fonctionne plus.

En fait, la peur du chômage et l'importance du travail comme élément de reconnaissance sociale sont telles que le cadre maintient une part affective importante dans son travail. Mais c'est un peu à contrecœur, car il sait qu'en s'investissant trop il se fait piéger. Ce phénomène est encore accentué par la diminution considérable de la mobilité. Par souci de sécurité, les cadres restent plus longtemps dans la même entreprise.

Il n'en reste pas moins que le lien qui unit le cadre à son entreprise est chargé d'ambivalence. Les modèles japonais et américains sont certainement contestables à bien des égards, mais ils ont l'avantage d'être cohérents, ce qui est de nature à diminuer le stress des salariés.

Un lien implicite et ambigu

Le rapport explicite que les cadres entretiennent avec la structure qui les emploie est conforme au modèle américain. Il existe un contrat de travail, une convention collective qui fixent des règles. Les objectifs de travail sont clairement précisés et révisés tous les ans. En apparence, tout est simple, et la relation est contractuelle. Implicitement, les choses sont moins claires. Comme le souligne Nicole Aubert dans *Le Coût de l'excellence*, implicitement, le cadre n'en fait jamais assez. Lorsque son objectif a été fixé à 100, il est sous-entendu qu'il serait bien vu qu'il arrive à 120 ou même 150. De même, personne ne songe à récupérer des jours de vacances pour les week-ends passés en séminaires ou en voyages d'affaires.

Blandine se sent épuisée depuis plusieurs semaines. Elle n'a plus le goût de voir des amis, mais il est vrai qu'après avoir annulé de nombreuses fois au dernier moment, la plupart se sont lassés de l'inviter. Directrice administrative et financière d'une petite entreprise de communication, elle n'a pris qu'une semaine de vacances au cours des deux dernières années. Le pire, c'est qu'elle ne voit pas du tout comment elle pourrait en prendre dans les mois à venir. Elle est bien placée pour savoir que l'entreprise va mal, qu'il n'est pas question d'em-

baucher un collaborateur pour l'aider, même à temps partiel, et encore moins de faire appel à un comptable pour la décharger. De toute façon, elle passerait plus de temps à expliquer ce qu'il faut faire qu'à le faire elle-même.

Ce soir, il est dix heures, elle vient de terminer les fiches de paye et elle sent une boule dans sa gorge avec une envie de sangloter. Depuis cinq ans, elle n'a pas eu d'histoire sentimentale sérieuse et elle aimerait tant qu'un homme la serre contre elle et lui dise qu'elle peut s'appuyer sur lui.

Le cadre, qui se sent en position de responsabilité, se fait piéger par le système. Il arrive qu'il ne s'autorise même plus à partir en vacances (surtout dans les PME en difficulté). Il s'enferme dans un système de gestion de l'urgence qui se pérennise. Il n'arrive plus à prendre du recul et a l'impression qu'il n'y a pas moyen de s'en sortir.

Pourtant, un certain investissement affectif est indispensable. Ne serait-ce que pour que le travail soit aussi un lieu de plaisir. Mais tout est une question de limites. La compétence professionnelle n'est pas la compétence humaine. Explicitement, le discours est axé sur le professionnalisme alors qu'implicitement on laisse entendre que le savoir-faire ne suffit pas et qu'il faut cultiver son savoir-être.

Ce qui est stressant, c'est que la limite de l'investissement personnel demandé au cadre n'est jamais précisée. Jusqu'où doit-il aller ? Il n'en sait rien, mais tout est fait pour lui laisser entendre que ce n'est pas assez, jamais assez. Quand doit-il s'arrêter ? Il ne le sait pas. D'où le sentiment de culpabilité qu'il éprouve lorsque arrive le moment de cesser le travail.

De plus, si l'entreprise japonaise peut se permettre de solliciter l'affectif de ses cadres, c'est parce qu'il y a *réciprocité*. Le cadre japonais sait qu'il peut se donner à la cause commune car la communauté en retour pourvoit à ses besoins. En France, on peut se demander quel type de réciprocité l'entreprise peut offrir aux cadres en échange de leur investissement affectif. Ce n'est certainement pas la garantie d'un emploi à vie...

L'audit permanent

L'une des conséquences de l'autonomisation des individus, de la plus grande marge de manœuvre qui leur a été accordée est que l'entreprise a besoin d'instruments de mesure précis de leurs performances. Plus les salariés sont responsabilisés, plus on leur a délégué la réalisation des tâches qu'ils ont à mener, plus il est nécessaire de disposer d'indicateurs de contrôle. Comme l'environnement économique est de plus en plus instable, les entreprises sont gérées à court terme. Elles ont donc besoin d'évaluer souvent les performances de leurs salariés principaux par des « tableaux de bord ». Ainsi, tous les mois, voire toutes les semaines, le travail de chacun est coté. On mesure tout ce qui peut être chiffré : vente, productivité, nouveaux marchés ou clients, etc.

La mesure est en apparence un progrès. Elle permet de disposer d'indicateurs objectifs sur le travail d'un salarié et donc d'éviter les appréciations subjectives et arbitraires. La promotion « à la tête du client » est un facteur de stress important ; de ce point de vue, ces indicateurs rendent objectifs les résultats du travail de chacun. Cependant, cette tendance induit des effets nouveaux sur le plan du stress professionnel.

Le premier est la mise en situation de *précarité* des individus. Ce qui est sous-entendu à travers l'évaluation fréquente, c'est que celui dont la performance baisse est susceptible d'être licencié. Même si ce n'est pas l'objectif du patron, c'est souvent vécu de cette façon par le salarié qui se sent menacé à la moindre inflexion de la courbe. Ce mode de management favorise la confusion entre valeur personnelle et performance professionnelle : le salarié a tendance à penser que l'opinion que l'on a de lui dépend exclusivement du dernier chiffre. Comme s'il n'y avait pas de mémoire et que le faire d'un moment précis résumait l'être du sujet. À l'image des médias, l'entreprise tend à privilégier l'immédiat et l'émotionnel. La performance du jour est portée aux nues et... oubliée le lendemain. Cette amnésie organisée conduit à privilégier l'action dans l'urgence aux dépens de la réflexion, la forme aux dépens du fond.

L'autre conséquence sur le plan du stress est qu'il existe un décalage entre ce qui est évalué et ce sur quoi sont stimulés les sujets. La stimulation est surtout affective et porte sur le « savoir-être » du sujet ; en revanche, l'évaluation porte sur le savoir-faire. Les cadres sont donc recrutés pour leur créativité, leur charisme, leur capacité à se donner pour l'entreprise qui les emploie et sont évalués sur leur chiffre de vente ou sur l'amélioration de la productivité.

Enfin, l'audit permanent conduit à rationaliser à l'extrême le temps et l'espace dans lesquels évoluent les salariés. Dans l'industrie automobile, on en est au « compactage des ateliers ». L'objectif annoncé est de resserrer au maximum les contraintes pour atteindre la meilleure productivité. Il s'agit à l'évidence d'augmenter les facteurs de stress en s'abritant derrière un discours rationalisateur.

Les interruptions de plans

Le pouvoir dans l'entreprise ne dépend plus seulement du niveau hiérarchique, mais de plus en plus de celui qui possède l'information. Il s'agit avant tout, pour un cadre, de disposer de la bonne information au bon moment. Or les réseaux qui permettent de capter cette information ne sont pas toujours ceux qui sont prévus à cet effet. Bien souvent, c'est par recoupements, par contacts directs internes et externes que l'on recueille la bonne information au bon moment. C'est pourquoi il faut être à l'écoute, rester le plus disponible possible pour être « branché » et être sûr qu'on ne laisse rien passer d'important. Cette quête de l'information par des moyens informels est, par définition, sans fin.

Certaines études montrent qu'en moyenne un cadre est dérangé toutes les sept minutes. À chaque dérangement correspond une interruption de plan. C'est-à-dire que le plan d'action en cours est bloqué par une information qui bien souvent suppose de mettre en place un nouveau plan d'action.

> *Christophe est en train de rédiger une note pour fixer une réunion hebdomadaire d'information entre les différents responsables de son service. À peine a-t-il commencé de réfléchir à la liste des participants, à la durée et à l'organisation de la séance que sa secrétaire lui passe*

un client avec lequel il est en litige depuis plusieurs semaines.

Finalement, le problème se règle assez facilement : il suffira de modifier l'une des clauses du contrat, et Christophe doit en parler à son responsable administratif. Il décide de l'appeler tout de suite de façon à ne pas oublier. Le numéro est occupé.

La directrice de la communication passe une tête :

« Tu as vu ce qu'on dit sur nous dans Les Échos *de ce matin ? On ne peut pas ne pas réagir. Il faut d'urgence publier un démenti. Tiens, je t'ai préparé un projet. »*

Elle vient de tourner les talons que déjà la secrétaire de Christophe lui passe son conseiller juridique...

Chaque interruption suppose une hiérarchisation entre le plan d'action en cours et celui qui va être induit par l'interruption. À la fin de la journée, il a fallu hiérarchiser soixante-dix plans d'action. Il est clair qu'il existe un risque de confusion entre l'urgence et l'importance. L'urgence prime sur l'importance. On fait face au plus urgent souvent sans prendre de recul. Au bout d'un certain nombre d'interruptions, la hiérarchie se fait d'elle-même par l'oubli et il devient très délicat de garder suffisamment de distance pour ne pas perdre ses priorités au profit de l'urgence. Christophe est arrivé depuis une demi-heure à son bureau et il n'a déjà plus en tête qu'il considérait comme important d'organiser une réunion entre ses principaux collaborateurs.

Il est évident que les progrès de la communication favorisent les interruptions de plan. De ce point de vue, le changement le plus flagrant est celui qui a suivi la généralisation de la télécopie. Non seulement les fax arrivent à toute heure, mais bien souvent, ils exigent des réponses quasi immédiates. De même, France-

Télécom nous présente comme un progrès la possibilité d'être interrompu alors qu'on est déjà en ligne. Cette interruption régulière engendre à la fois une excitation liée à l'impression d'hyperactivité et une irritabilité. L'individu qui n'y prend pas garde est alors porté par les événements et a l'impression de ne plus avoir de prise sur sa journée de travail. Il fonctionne en réaction et perd toute capacité d'anticipation.

On pourrait croire que le cadre est, en quelque sorte, victime du système et qu'il ne sait pas imposer suffisamment de limites pour ne pas se laisser déborder. Ce n'est pas si simple. Des études ont montré que les cadres qui étaient moins dérangés s'interrompaient d'eux-mêmes dans leur travail. Comme si ce *zapping* leur était devenu indispensable.

Outre l'inquiétude créée par le fait de laisser passer des informations importantes, il est probable que ce mode de travail par interruption de plan est la conséquence de la difficulté de concentration occasionnée par le stress professionnel. Lorsqu'on se trouve seul dans son bureau et que l'on s'aperçoit que l'on a des difficultés pour traiter un problème ou pour rédiger une note, il est plus rassurant de multiplier les interruptions de plan afin de se donner l'impression de l'urgence que de rester seul face à ses difficultés.

Le cadre : un jeune homme vieux

Dans les sociétés occidentales, on vieillit moins vite que jadis. Les physiologistes considèrent qu'en une génération l'état physique de la population à âge égal s'est amélioré. Ce qui revient à dire qu'à quarante ans nous sommes comme nos parents étaient à trente-cinq ou même à trente ans.

Paradoxalement, dans l'entreprise, le mouvement est inverse. D'abord, l'âge de la retraite a été avancé de cinq ans. Ce qui fait « vieillir » de cinq ans le salarié. Aujourd'hui, à cinquante-cinq ans, il n'est plus qu'à cinq ans de la retraite alors qu'autrefois il avait encore dix ans de vie professionnelle devant lui.

Mais plus encore que l'âge de la retraite, c'est le chômage et l'évolution des techniques qui font vieillir prématurément les cadres. Le chômage des cadres les conforte dans l'idée qu'à partir « d'un certain âge » ils ne trouveront plus de travail s'ils sont licenciés.

Un dirigeant d'une grande entreprise me disait : « À vingt-cinq ans, je n'avais pas de doute, j'étais sûr d'être le meilleur. À quarante-cinq ans, je doute et je me demande si les jeunes de vingt-cinq ans ne sont pas meilleurs que moi. » C'est d'autant plus marqué qu'un cadre de quarante ans coûte plus cher à l'entreprise qu'un jeune. Il s'interroge sur la question de savoir s'il vaut véritablement cette différence de prix. Ce qu'il redoute plus encore, c'est que cette comparaison entre le coût et la valeur d'un « vieux » par rapport à un jeune, son employeur la fasse. Cette crainte est exacerbée dans toutes les professions dans lesquelles une dimension créative est importante, comme dans la publicité.

Le point de bascule se situe aux alentours de quarante ans. Au-delà de cet âge, le cadre se met à douter de sa « valeur marchande » sur le marché du travail. Dès lors, ce doute engendre chez lui une attitude sécuritaire. Il doit assurer sa position de façon à se sentir moins menacé. Bien souvent, pour assurer sa position, il a tendance à s'appuyer naturellement sur les méthodes qui ont fait leurs preuves dans le passé. Il n'ose plus prendre de risques et se cantonne à ce qu'il connaît déjà au détriment de la nouveauté. Il cherche, en quelque sorte, à reproduire des procédures. La question pour lui n'est plus de trouver de bonnes solutions aux problèmes tels qu'ils se posent mais comment appliquer des procédures connues à des problèmes nouveaux.

C'est ainsi que la peur du vieillissement induit un vieillissement prématuré. Dans le domaine du stress, le vieillissement se caractérise par la tentation de cesser de chercher à s'adapter à son environnement pour tenter d'adapter l'environnement à soi-même. Le cadre qui se sent désécurisé en raison de son âge a naturellement tendance à reproduire son passé plutôt que d'inventer de nouvelles techniques. C'est ainsi qu'il aboutit à l'inverse de son objectif qui consistait à renforcer sa position. Son entourage, qui le voit se rigidifier sur ses procédures, a alors vite fait de le considérer comme d'une autre génération.

Ce vieillissement est accentué par l'évolution des techniques. Rares sont les secteurs dans lesquels la maîtrise des outils informatiques et de communication n'est pas indispensable. Souvent les cadres d'un « certain âge » n'en apprennent l'usage que contraints. Ils gardent une réticence à utiliser ces outils, un peu comme une langue que l'on domine mal et que l'on hésite à parler. Mais surtout ils se sentent facilement « dépassés » par la génération suivante qui a grandi avec les évolutions technologiques et pour laquelle chaque nouvelle technologie, ou nouveau logiciel, est un progrès et non un motif de crainte.

Le cadre est donc un homme jeune en apparence qui a su entretenir son corps et le maintenir en forme mais qui, sur le plan professionnel, redoute la vieillesse et a

Il est évident que le stress, notamment professionnel, n'est pas un phénomène nouveau. Ce qui a profondément changé, cependant, c'est, d'une part, le nombre de plaintes liées au stress professionnel : lorsqu'on les interroge, de plus en plus de salariés se disent nerveux, tendus sur leur lieu de travail. D'autre part, la nature du stress s'est modifiée. Lorsqu'il était lié à la quantité de travail, les choses étaient simples : beaucoup de travail engendrait beaucoup de stress, et inversement. Si la quantité de travail demeure, et demeurera toujours une véritable source de stress, elle est bien loin désormais de tout expliquer. Il existe un décalage entre la perception d'une tension et la compréhension du phénomène qui l'entraîne. Cela favorise l'accumulation de cette tension et un sentiment d'impuissance face au stress. C'est ainsi que l'on assiste parfois à des mouvements de révolte qui paraissent démesurés au regard de ce qui les déclenche. En amont, les facteurs de stress se sont accumulés sans que personne n'y prenne garde.

Aujourd'hui, le salarié évolue dans des structures de plus en plus floues, au sein desquelles il se sent en rivalité avec ses collègues. On lui demande, de façon implicite, un investissement affectif très important et, souvent, on le recrute sur sa capacité à le fournir, mais on l'évalue sur tout autre chose : sa performance chiffrée. Cet investissement affectif est à l'origine d'un malentendu fondamental sur la relation qui le lie à son entreprise, que l'on pourrait résumer par la formule : que me demande-t-on de donner et en échange de quoi ? Son positionnement n'est donc clair ni vis-à-vis de ses collègues, avec lesquels les conflits sont plus fréquents qu'avant, ni à l'égard de l'entreprise qui l'emploie, dont il peut toujours craindre une décision arbitraire. À cela s'ajoute une triple précarité : précarité de la tâche que l'on est en train de réaliser du fait des interruptions de plan, précarité de la compétence professionnelle en raison de l'évolution des techniques, précarité de l'emploi. Ce contexte ne peut que rendre plus fragile.

5

Comment on se stresse soi-même

« Le stress, c'est les autres. » Cette affirmation simpliste est aussi très rassurante car elle évite de s'interroger sur soi-même. En fait, le stress est bien souvent, avant tout, dans nos têtes : il résulte principalement de notre manière de nous représenter les facteurs de stress. Mais il dépend aussi de nos comportements. Notre manière d'agir peut amplifier ou atténuer les facteurs du stress.

C'est dans la tête

Bien souvent, les représentations que nous avons des facteurs de stress auxquels nous sommes confrontés ne sont pas conformes à la réalité. Elles correspondent à un mauvais traitement de l'information, à ce qu'on appelle une distorsion cognitive. Il en existe de très nombreuses, certaines peuvent même être à l'origine de troubles psychiques. Dans l'anxiété, par exemple, la distorsion cognitive consiste à voir un danger là où il n'y en a pas. C'est ainsi que la simple sonnerie du téléphone peut immédiatement être « traduite » par « Qu'est-ce qui va m'arriver ? »

Les distorsions cognitives qui sont décrites dans ce chapitre ne sont évidemment pas les seules à engendrer un stress ou une tension. Cependant, elles ont la particularité d'être très répandues chez les cadres, notamment dans leur vie professionnelle.

*Anne est directeur commercial d'une entreprise de cosmétiques. À trente-cinq ans, elle a toujours privilégié sa carrière professionnelle dans ses choix de vie, n'hésitant pas à se séparer de son ami pour partir en mission à l'étranger pendant deux ans ou à travailler le dimanche, lorsque c'était nécessaire. Cet engagement dans la vie professionnelle lui a été profitable et, dans les moments difficiles, elle ne manque jamais de passer en revue les positions de ses copains de promotion de l'*ESSEC *pour constater avec satisfaction qu'elle a le poste le plus enviable et probablement la rémunération la plus confortable.*

Mais, ce matin, elle se sent particulièrement irritée. L'un de ses principaux clients, avec lequel elle a rendez-vous, a fait prévenir qu'il serait très en retard. Depuis un quart d'heure qu'elle tourne en rond dans le salon d'attente, elle cherche comment utiliser de façon rentable ce contretemps. Elle a demandé un bureau pour téléphoner, mais la secrétaire s'est contentée de lui proposer d'appeler de son propre poste. Ce qui interdit toute conversation sérieuse avec son assistante ou tout autre collaborateur. « Quand je pense que ça m'arrive juste le jour où mon téléphone de voiture est en panne », fulmine-t-elle. Elle cherche désespérément dans son sac un dossier sur lequel avancer. « Comment ai-je fait pour partir sans travail ? », s'interroge-t-elle en ayant l'impression d'être aussi démunie que si elle avait été à Las Vegas sans un dollar en poche.

Si Anne est tellement agacée, c'est qu'elle est experte en gestion du temps. Pour elle, chaque minute doit être rentable, et son organisation parfaite lui a presque toujours permis de mettre en pratique cette règle de vie. Même en vacances, tout est organisé et planifié de façon à « en profiter au maximum ». Ce qui est souvent à l'origine de conflits avec ses compagnons, qui ont parfois du mal à s'adapter à cet optimisation du temps pendant les moments de détente.

Aujourd'hui, ce n'est pas tant le retard de son interlocuteur qui la met dans un état de bouillonnement intérieur que de n'avoir rien à faire. Impuissante, elle attend que les minutes s'écoulent, en ayant le sentiment de gâcher une denrée rare, et se sent de plus en plus furieuse contre elle-même.

Son énervement est d'autant plus fort que depuis deux mois les performances de son équipe sont en baisse. C'est la première fois que cela lui arrive. Depuis dix ans qu'elle est commerciale, elle a toujours amélioré ses chiffres de vente de mois en mois, d'année en année. Cette baisse des résultats est parfaitement explicable par la conjoncture et l'arrivée récente sur le marché d'une gamme concurrente étrangère qui a fait de gros investissements en communication pour pénétrer le marché français. D'ailleurs, personne ne s'inquiète de cet infléchissement et son directeur général lui a tenu des propos très rassurants lui confirmant toute la confiance qu'il a en elle. Mais Anne doute d'elle-même. Dans les réunions de direction, elle se sent beaucoup moins à l'aise devant ses collègues. Elle a le sentiment que le regard que les autres posent sur elle a changé. « Ils doivent certainement se dire que je suis moins bonne et ils ont raison : si mes résultats baissent, c'est que je ne suis plus à la hauteur. » Pour la première fois de sa vie, elle se sent moins motivée et ses responsabilités lui pèsent. Sans qu'elle comprenne pourquoi, elle se croit fragilisée, même avec son ami.

Il semble qu'Anne soit stressée par deux situations liées au contexte professionnel : l'attente imprévue et improductive et la baisse de ses performances. En réalité, l'origine du stress qu'elle éprouve est dans sa tête.

L'urgence

Anne est dans un premier temps irritée, agacée, tendue parce qu'elle est soumise à un contretemps au cours duquel elle ne peut rien faire. À aucun moment, elle ne craint de n'avoir pas assez de temps pour mener son entretien avec son client. Là n'est pas le problème. L'origine de son trouble est la perte de temps en soi.

Il est évident que, si Anne avait la possibilité de prendre un peu de recul par rapport à la situation, elle considérerait que la perte de quelques dizaines de minutes a peu d'importance et certainement pas assez pour la mettre dans cet état. Mais il ne lui vient même pas à l'idée de raisonner de cette façon, car, pour elle, toute perte de temps est quelque chose à éviter. C'est qu'Anne, à propos du temps, a une pensée automatique que l'on pourrait formuler ainsi : « *Tout temps doit être productif.* »

Qu'est-ce qu'une pensée automatique ? C'est une représentation de la réalité qui empêche de voir les choses telles qu'elles sont.

Au moment où elle attend, Anne ne se dit pas : « Tout temps doit être productif. » C'est pour elle une évidence qui transforme systématiquement l'attente en situation de stress. Le stress vient de ce que la situation n'est pas comme elle pense qu'elle devrait être, compte tenu de sa pensée automatique. Ce n'est donc pas tant le fait d'attendre qui est stressant (il est peu d'activités aussi peu stressantes) que son désir de rentabiliser chaque instant, qui modifie sa représentation du temps.

Celle-ci n'est pas conforme à la réalité. En effet, dans la vie, de manière générale, les contretemps imprévisibles sont nombreux et ne peuvent pas toujours être utilisés de manière productive. L'organisation que l'on met en place peut contribuer à les réduire, mais on ne pourra jamais les supprimer : cela supposerait qu'il n'y ait jamais d'imprévu. Or il arrive que, sur une route où la circulation est toujours fluide, un accident provoque un bouchon, que quelqu'un qui n'est jamais en retard le soit et que la caissière du supermarché ne soit pas aussi performante que d'habitude.

Anne se stresse parce que sa conception de la réalité n'est pas conforme à ce qu'est la réalité, parce qu'elle n'accepte pas qu'il y ait des contretemps. Cette conception ne lui est pas imposée de l'extérieur. C'est elle qui l'a choisie de façon plus ou moins consciente. Implicite mais évidente, devenue presque « naturelle », cette représentation de la réalité n'est pas remise en cause. Dès lors, plus les contretemps s'accumulent, plus Anne a une impression de stress. Pour en sortir, il lui faudrait modifier sa pensée automatique de façon à la rendre plus conforme à la réalité. Au lieu de cela, elle se dit qu'elle aurait dû prévoir l'imprévisible. Elle se condamne ainsi à être toujours plus stressée.

La confusion entre valeur personnelle et performance

Autre situation de stress pour Anne : la baisse des performances de son équipe. Cette baisse des performances engendre en elle un sentiment flou mais généralisé de ne pas être à la hauteur : elle doute d'elle-même. La modification de son comportement avec son entourage professionnel est liée à ce doute, comme si elle sentait l'opprobre général à son égard. Dans les faits, il n'en est rien puisque cette baisse de performance est non seulement explicable mais probablement inévitable compte tenu de l'arrivée d'un nouveau concurrent. Il semble que le soutien de son directeur général n'ait servi à rien. Comment comprendre le stress d'Anne dans cette situation ?

Cette fois encore, une pensée automatique est à l'origine du stress d'Anne. Elle considère que ses performances sont le reflet exact de sa valeur personnelle. Il est donc logique que, lorsque ses performances baissent, elle ait le sentiment d'être globalement moins bonne. C'est un sentiment que nous avons tous ressenti à l'école : après avoir obtenu une mauvaise note, on a l'impression que nos camarades ont changé d'avis à notre égard et que nos parents nous aiment moins.

Cette pensée automatique, fréquente chez les cadres, est une distorsion cognitive. Les performances sont, par définition, variables d'une fois sur l'autre. Pour un sportif, par exemple, cette variation dépend de paramètres extérieurs, comme les conditions météorologiques ou le soutien des supporters, et de paramètres internes, comme la qualité de son sommeil la veille d'une épreuve ou l'état de son moral. La somme de ses performances reflète non sa valeur personnelle, mais ses qualités de sportif. En effet, sa valeur personnelle dépend aussi de ses qualités humaines, de ses qualités intellectuelles, de toute l'expression de son affectivité, de sa dimension spirituelle, etc. S'il confond valeur personnelle et performance, chaque bon résultat lui donne le sentiment qu'une force intérieure l'habite. À l'inverse, les contre-performances provoquent un sentiment d'autodépréciation globale, voire de dépression. Cette confusion revient à ne pas différencier l'être et le faire ou à penser que le faire reflète intégralement l'être.

L'une des caractéristiques de cette distorsion cognitive est que l'on attribue aux autres un changement d'opinion sur soi en fonction de ses performances. Lorsque Anne obtient de moins bons résultats de vente, elle ne peut pas imaginer que son entourage professionnel, lui, ait toujours le même avis sur elle. Elle n'accorde d'ailleurs pas d'importance aux propos de son directeur général, comme si elle considérait que cela ne pouvait refléter réellement son opinion. Pour elle, c'est évident : son image de professionnelle est détériorée, c'est bien normal. Et pourtant, Anne, qui dirige une équipe de commerciaux, sait bien que lorsque l'un de ses collaborateurs, qu'elle connaît depuis plusieurs années, a de moins bons résultats mensuels, elle ne s'en inquiète pas outre mesure. Elle adopte plutôt une attitude compréhensive ; en tout état de cause, son opinion sur son collaborateur n'est pas modifiée par des contre-performances ponctuelles. Mais, lorsqu'il s'agit d'elle, elle ne peut s'empêcher de considérer comme évident que les autres ne la jugent que sur ses performances.

Si cette distorsion cognitive est si répandue chez les cadres, c'est parce qu'elle est encouragée par le mode de management auquel ils sont soumis. Celui qui survalorise la vie professionnelle a tendance à conduire les cadres à vivre comme tenus en haleine par leurs résultats. Ainsi, particulièrement pour les forces de vente, la performance est parfois affichée comme seule et unique appréciation de la qualité des collaborateurs. Provoquant des rivalités destinées à susciter une émulation, ce type de management suggère aussi, implicitement, que ceux qui ont une mauvaise performance sont nuls et que ceux qui en ont une bonne sont excellents.

Il est évident que celui qui a été porté aux nues un jour peut être déconsidéré le lendemain. Cette précarité engendre une grande fragilité, marquée notamment par une trop grande dépendance vis-à-vis du regard des autres. Il en résulte une instabilité et une vulnérabilité psychique.

De même que pour l'urgence du temps, cette distorsion cognitive qui consiste à confondre valeur personnelle et performance peut être induite par l'éducation, l'expérience du sujet et l'influence du milieu dans lequel il évolue. Mais il est essentiel de comprendre qu'elle n'est pas fixée *ad æternam* et que l'individu, pour autant qu'il en prenne conscience, a le pouvoir et la liberté de la modifier.

Le perfectionnisme

Paulette est assistante de direction. Femme d'autorité, elle gère le sécrétariat de son patron-président avec diligence et efficacité. Elle a sous sa responsabilité deux secrétaires avec lesquelles elle se montre toujours très exigeante. Son père, militaire de carrière, lui a donné le goût du travail bien fait. Petite, elle recommençait autant de fois qu'il était nécessaire (parfois plus de dix fois de suite) ses pages d'écriture, « jusqu'à ce que ce soit parfait ».

Elle en a gardé le besoin que tout ce qui passe entre ses mains soit irréprochable. Lorsqu'une virgule manque dans un texte qu'elle a tapé ou qu'elle a omis de signaler à son patron la température ambiante de la ville dans laquelle il se rend en voyage d'affaires, elle se sent honteuse, comme prise en faute. Aussi, pour éviter cette impression désagréable, elle passe beaucoup de temps à vérifier, à contrôler ou à faire refaire.

Évidemment, cela lui prend beaucoup de temps. Mais « on ne passe jamais assez de temps à parfaire », aime-t-elle à répéter à ses collaboratrices, qui supportent mal ce qu'elles prennent pour une manie et qui, dès qu'elles le peuvent, demandent leur mutation. D'ailleurs, elle envisage de demander une troisième collaboratrice, car même en restant au travail jusqu'à vingt et une heures presque tous les soirs, elle n'arrive pas à se mettre à jour dans son travail. Du moins d'après ses propres critères, car son patron, pourtant réputé très exigeant, paraît fort satisfait de ses services.

A priori, celui qui est perfectionniste est un salarié précieux, car il s'attache à ce que son travail soit toujours parfaitement réalisé. Et pourtant, le perfectionniste est un grand stressé et son efficacité n'est souvent pas très bonne.

La pensée automatique du perfectionniste est la suivante : « Je dois faire parfait (ou je dois être parfait). » Or il est évident que, dans la réalité, il est difficile, voire impossible, de « faire parfait » et encore plus de l'être. On pourrait, en effet, toujours perfectionner à l'infini ce qu'on a fait, mais la vie quotidienne ne nous en laisse pas le loisir, simplement par manque de temps. Le perfectionniste est donc en position de décalage permanent entre ce qu'il pense qu'il devrait faire (ou être) et ce qu'il peut faire (ou être) réellement. Il n'est jamais satisfait de lui, d'où un état de tension, de stress, induit par ce décalage. Cette pensée est suffisamment intériorisée pour que la perception des autres ne vienne en rien ébranler la certitude que tout doit être parfait.

Ce qui devrait compter pour Paulette, c'est la satisfaction de son patron et la reconnaissance qu'elle lui vaut. Mais, même si les gratifications lui vont droit au cœur, son perfectionnisme va bien au-delà de la satisfaction de son patron. Si Paulette décèle une imperfection dans une lettre que son patron a déjà signée, elle la recommencera. Le perfectionnisme, souvent rationalisé à travers le souci de satisfaire les autres, est, en réalité, bien souvent une exigence par rapport à soi-même. Il engendre une fuite en avant que rien ne semble pouvoir interrompre et est un mécanisme d'autofrustration remarquablement efficace.

Il ne faut pas confondre perfectionnisme et goût du travail bien fait. Il est évident qu'il est souhaitable de chercher à bien faire. En revanche, chercher à faire parfait est inutilement stressant parce qu'on n'y arrive jamais vraiment et qu'on manque de temps pour le reste de son travail. Cette exigence que l'on s'impose à soi-même et qui paraît généralement démesurée aux autres est même assez inefficace. Ainsi, il est fort probable que si Paulette était moins perfectionniste, elle aurait besoin d'une collaboratrice de moins.

L'hypercontrôle

« Cette fois-ci, c'en est trop ! S'il veut que je m'en aille, il ferait mieux de me le dire carrément. »

Paulette est dans un tel état d'émotion qu'elle a dû quitter son bureau pour se passer un peu d'eau sur le visage. Elle serait bien descendue faire un tour pour se changer les idées, mais elle a pour règle de ne jamais s'absenter trop longtemps, au cas « où il se passerait quelque chose d'important ».

Pourtant, à plusieurs reprises, elle a demandé à son patron qu'il ne travaille pas directement avec les dactylos sans passer par elle. Mais il a suffi d'un après-midi d'absence pour un check-up médical (Paulette a des vertiges et des palpitations depuis quelques semaines), et un courrier important est parti sans qu'elle en soit avertie. Elle a été en contact téléphonique avec l'assistante du président de la banque S. et s'est aperçue qu'un rendez-vous avait été pris. Très sûre d'elle, comme à son habitude, elle a affirmé qu'il y avait une erreur. Après vérification, elle a dû rappeler et s'excuser, ce qu'elle a ressenti comme particulièrement humiliant.

Elle a obtenu une entrevue avec son patron, bien décidée à lui demander de choisir entre elle et sa collaboratrice qui, considère-t-elle, l'a trahie.

Si Paulette se met dans un état pareil, c'est qu'elle a dans l'idée qu'elle doit « tout contrôler ». L'une des variantes serait : « Ce que je ne contrôle pas est *a priori* dangereux. » C'est d'ailleurs dans cet esprit qu'elle a insisté pour servir d'intermédiaire entre son patron et l'ensemble du secrétariat en justifiant sa requête par un souci de cohérence, de bonne coordination.

Il en est ainsi des cadres qui ont de grosses difficultés à déléguer et qui, lorsqu'ils délèguent, vérifient minutieusement le travail de leurs collaborateurs, parfois même dans leur dos. Ailleurs, l'hypercontrôle se manisfeste par une quête effrénée de l'information. Selon les entreprises, cette quête peut revêtir des formes différentes : certains, par exemple, passent leurs journées la porte du bureau ouverte en permanence, à l'affût de tous les bruits de couloir, ou ne ratent jamais une réunion même lorsqu'ils n'y sont pas conviés.

Le sujet en position d'hypercontrôle a tendance à se donner une illusion de toute-puissance qui le fragilise parce qu'il risque alors d'être trop sûr de lui. À l'inverse, le sentiment de ne pas parfaitement tenir en main toutes les clés fait naître une anxiété importante. Est-il nécessaire de préciser qu'il est impossible de tout contrôler ? Chaque nouveauté, qui n'entre pas précisément dans ce qui est programmé et prévu, est vécue comme dangereuse ou agressante. Il en résulte souvent une tendance à la rigidité, à mettre en place des procédures rassurantes mais qui empêchent de s'adapter aux situations inhabituelles.

Répondre à la demande

« Lorsqu'il y a du travail, il faut bien le faire... »

En fait, en disant cela, Martine pense qu'elle n'arrive pas à tout faire et qu'elle n'en peut plus. Les choses se sont dégradées progressivement. Dans un premier temps, c'est un collaborateur qui est parti à la retraite et qui n'a pas été remplacé « à cause de la crise ». Puis, on lui a fait miroiter une promotion et, pour la préparer, on lui a donné de nouvelles responsabilités. Maintenant qu'elle est chef de service, elle ne parvient pas à faire tout le travail qu'on lui donne. Après avoir sacrifié son samedi, elle commence à travailler aussi un peu le dimanche matin, ce qu'elle avait juré à sa famille de ne jamais faire.

Dans le cas de Martine, la distorsion cognitive pourrait se formuler ainsi : « Je dois faire tout le travail que l'on me donne. » Cette représentation n'est pas conforme à la réalité, dans la mesure où elle nie l'existence de limites. C'est un peu comme si on considérait que le débit de l'eau qui sort d'un entonnoir était toujours égal au débit qui entre. Or le débit de sortie a une limite : si l'on n'en tient pas compte et que le débit d'entrée continue d'augmenter, il vient un moment où l'entonnoir déborde. Martine ne tient pas compte de ses limites. Pour elle, s'il y a du travail, il doit être fait. Résultat : elle laisse le travail envahir l'ensemble de sa vie. Or, plus elle assume le travail qu'on lui donne, plus on a tendance à lui en donner. Elle est prisonnière de l'image qu'elle s'est forgée : quelqu'un de fiable à qui on peut toujours en demander plus. Jusqu'au jour où...

C'est souvent avec ce type de distorsion cognitive que l'on arrive à des états appelés *burn out*. Ils sont caractérisés par une grande fatigue, un doute sur ses capacités professionnelles, un désintérêt général et un repli qui induit une difficulté à communiquer.

Il est évident que ce type de distorsion est favorisé par le mode de management qui essaie d'obtenir le plus possible de ses cadres. Souvent, d'ailleurs, la pression est implicite : c'est la carotte (si on en fait un peu plus, une promotion arrivera) ou le bâton, plus fréquent actuellement (ceux qui ne peuvent pas fournir peuvent aller voir ailleurs).

La dette cognitive

Notre structuration cognitive nous amène à nous représenter notre environnement non tel qu'il est, mais tel que nous voudrions qu'il soit. L'impression de stress se produit chaque fois qu'il existe un décalage entre le principe de réalité et ce qu'on souhaiterait que le réel soit. L'attente, pas plus que l'embouteillage, n'est un stress en soi : elle le devient parce qu'on a dans l'idée qu'elle ne devrait pas être là. Au lieu de chercher à s'y adapter au mieux, on se fige dans une attitude de révolte ou de rejet de la réalité qui ne fait qu'aggraver l'impression de tension déjà présente.

La distance entre la réalité et la représentation de ce qu'elle devrait être s'appelle la dette cognitive. Lorsque arrive un événement imprévu, la première réflexion que l'on se fait est souvent : « Ce n'est pas possible. » L'équipe de football que l'on croyait très supérieure à son challenger perd, et, dans un premier temps, c'est incroyable. Ce décalage entre ce qui arrive et ce qu'on envisageait (bien souvent sans se le dire) représente une dette cognitive. Il est clair que plus cette dette est importante, plus l'effort d'adaptation est considérable. En effet, avant de trouver un plan d'action efficace, il est nécessaire d'accomplir un travail cognitif d'adéquation entre la réalité et la représentation préalable que l'on en avait. Plusieurs attitudes inadaptées peuvent être mises en place dans ce type de situation. Par exemple, il peut s'agir d'une attitude de révolte contre la réalité sans plan d'action correspondant. Je suis furieux d'avoir été collé à mon examen et je n'arrive pas à dépasser cette colère pour, éventuellement, comprendre pourquoi j'ai échoué et comment l'éviter la prochaine fois. Autre manière de ne pas « payer » sa dette cognitive à la réalité : le déni. Un de mes proches est si malade que le pronostic vital est en cause, mais je ne l'accepte pas et je fais comme si sa maladie était banale.

L'importance de notre dette cognitive est donc en rapport direct avec notre stress. Lorsque j'écris ces lignes, nous sommes au lendemain d'une élection. L'un des candidats, bien implanté depuis longtemps, vient d'être battu de quelques voix : « Nous n'imaginions pas qu'une chose pareille pût arriver », remarque-t-il. Cette mauvaise perception de la réalité a accentué le stress dû à l'échec électoral.

Cependant, il arrive que, pour atténuer les effets nocifs d'une dette cognitive, certains envisagent toutes les possibilités à venir, surtout les pires. Ces personnes justifient leur attitude par des remarques du type : « Je préfère m'attendre à tout, comme ça je ne risque rien. » En fait, ce mode de fonctionnement qui devrait permettre de réduire le stress en atténuant les effets de la dette cognitive est inefficace à deux titres. D'abord, en imaginant toujours le pire, on accentue sa perception des dangers et l'on se crée artificiellement de l'anxiété. Ensuite, on ne peut jamais tout envisager ; on n'évite pas d'être surpris par les événements imprévus. Ce type d'attitude est proche de l'hypercontrôle.

Les distorsions cognitives, contrairement à certains traits de caractère, ne sont pas figées une fois pour toutes. Les exemples que nous avons donnés sont parmi les plus courants chez les cadres d'entreprise. Mais, ne nous y trompons pas, elles évoluent individuellement et collectivement. Depuis quelques années, avec l'augmentation du chômage des cadres, une nouvelle distorsion est apparue. Elle pourrait s'exprimer ainsi : « Avec le chômage actuel, je ne trouverai jamais de nouvel emploi. » Si, dans certains cas, cette vision des choses est réaliste, dans les secteurs peu touchés par la crise, les cadres qualifiés sont très recherchés. Cette distorsion a de nombreuses conséquences sur le comportement des individus, conséquences sur lesquelles nous reviendrons, mais cet exemple met en lumière comment une distorsion collective peut apparaître par un mécanisme d'amplification et de globalisation d'un phénomène. Il est évident que la manière que nous avons de nous informer y est pour beaucoup. La tendance qui consiste à choisir des informations courtes et chargées de sensationnel accentue ce phénomène. Ainsi, l'information qui devrait être la plus neutre (certains diraient objective) et la plus précise est au contraire émotionnelle et globalisante. Un scientifique habitué à participer à la diffusion des connaissances nous racontait qu'à l'occasion d'une émission médicale le présentateur avait vivement recommandé aux invités de ne pas faire de phrases de plus de cinq mots. « Lorsque vous faites des phrases trop longues, j'entends les téléspectateurs zapper », insistait-il. L'information est ainsi schématisée à l'extrême. Elle est ensuite habillée d'émotions. Il suffit enfin de la répéter suffisamment souvent pour qu'elle devienne distorsion cognitive dans la mesure où sa simplification l'écarte de la réalité. Il se crée alors un espace cognitif commun dans lequel chacun est plus ou moins entraîné et reprend à son compte les distorsions cognitives.

Les actions répétitives... et souvent inefficaces

Patrice s'est fait « tout seul ». Il aime à le rappeler à ses collaborateurs (assez souvent pour que ceux-ci s'en moquent dans son dos). Maintenant qu'il est directeur d'agence, il a le sentiment d'être arrivé à son objectif. Et s'il donne parfois un peu trop le sentiment à ses proches d'être très satisfait de lui-même, c'est que sa réussite professionnelle est allée au-delà de ce qu'il imaginait lorsqu'il était jeune, même s'il ne l'avoue jamais à personne. Il a encore en tête ses débuts dans la maison. À dix-huit ans, sans qualification, il était manutentionnaire ; il en a gardé une sciatique qui se réveille lors de contrariétés ou s'il force trop sur le sport. À cette époque, il lui suffisait de croiser son chef pour se sentir confus et bafouiller en rougissant. Et pourtant, cinq ans plus tard, c'était lui qui était nommé « chef », c'est-à-dire agent de maîtrise, dans une autre agence. Cette promotion, probablement celle qui lui a fait le plus plaisir, lui semble dérisoire aujourd'hui qu'il a gravi bien d'autres échelons. Il est vrai que c'est celle pour laquelle il a le plus travaillé, en cours du soir afin de passer l'examen interne indispensable pour changer de qualification.

Si son passé lui revient de façon si récurrente depuis quelques mois, c'est que le présent lui cause bien des soucis. Patrice a l'impression de perdre ses repères. En trente-deux ans de maison, il a appris des modes de fonctionnement qui lui ont permis de faire face à toutes les situations. Tout a été si bien intégré par son cerveau qu'il n'a même plus besoin de réfléchir avant d'agir. Chaque situation enclenche immédiatement une procédure parfaitement adaptée. L'ennui, c'est que, depuis quelques mois, avec tous les changements qu'« ils » ont imposés, les procédures de Patrice ne sont plus aussi bien appropriées et il s'en trouve très désorienté. Il est vrai qu'ils ont « forcé la dose ». D'abord l'introduction de l'informatique a bouleversé le métier, puis les cercles de qualité se sont mêlés de modifier l'organisation du travail, et maintenant la « Charte du nouveau management » doit changer le mode d'avancement et les relations entre niveaux hiérarchiques. C'en est trop.

Il a décidé qu'il était trop vieux pour changer à ce point sa méthode de travail. Il a toujours la même manière de faire face aux problèmes, arguant du fait que « sa méthode a fait ses preuves depuis plus de trente ans ». C'est comme à la maison, lorsque sa femme lui a demandé de programmer le magnétoscope ; après un bref coup d'œil à la notice, qui a réveillé de douloureux souvenirs d'essais d'apprentissage à un traitement de texte, il a décrété qu'on s'en était très bien passé jusqu'à présent et qu'il ne voyait pas pourquoi on en aurait besoin maintenant.

Tout change trop vite autour de lui, et il se surprend à espérer prendre sa retraite plus tôt, ce qui pourtant ne lui ressemble pas, lui qui a toujours été un actif très investi dans son travail.

Que fait-on, la plupart du temps, lorsqu'on est stressé ? *On reproduit.* On reproduit des modes de pensée et des comportements que l'on a mis en place en situation identique ou que l'on considère comme suffisamment proches de ce que l'on a vécu pour supposer qu'ils sont adaptés. Ainsi, quel que soit le contexte général, l'embouteillage engendre énervement, impatience et mauvaise humeur. Ou encore une demande à son patron, réputé bourru, induit l'idée qu'il va s'y opposer. D'où une inquiétude et la tentation de l'éviter.

Ce mode de fonctionnement s'appelle le fonctionnement procédural. Il intervient de façon complémentaire et s'oppose au fonctionnement déclaratif. Ce dernier, au lieu d'enclencher des plans d'action successifs selon un ordre préétabli, repose sur une organisation en réseau et par association. L'excès de l'un ou l'autre de ces modes de fonctionnement entraîne des troubles du comportement qui ont notamment pour conséquence une mauvaise adaptabilité aux situations de stress [1].

La tendance générale, lorsqu'on vieillit, est de s'enfermer progressivement dans une attitude de plus en plus procédurale. Cette attitude est soutenue par le penchant à se frotter le moins possible à la nouveauté pour rester dans ce qu'on connaît bien et par la référence systématique au passé. Ainsi, le vieillard rencontre peu de situations nouvelles : tout semble le renvoyer à du « déjà vécu », pour lequel il pense avoir les procédures adaptées. C'est le fameux « ça me rappelle... », qui agace parfois les générations suivantes. Chacun a pu constater chez ses propres grands-parents des habitudes qui paraissent absurdes et surtout peu pratiques vues de l'extérieur. Ma grand-mère, qui habite La Rochelle et vient depuis quarante ans passer des séjours réguliers à Paris en train, n'a pu s'habituer au TGV. Cela l'oblige à prendre le seul train de la semaine qui ne soit pas TGV pour ses déplacements et accentue considérablement ses contraintes. Rien à faire, elle ne « chan-

1. Voir A. Braconnier et É. Albert, *Tout est dans la tête*, Paris, Éditions Odile Jacob, 1992.

gera pas ses habitudes ». À l'extrême, on trouve le patient atteint de la maladie d'Alzheimer, caricature d'un fonctionnement si procédural qu'il ne peut plus s'adapter à quoi que ce soit de nouveau ni même accéder à une connaissance nouvelle, ne vit plus que sur des comportements et un type de pensées acquis autrefois. Lorsque l'on donne un journal du jour à lire à un patient souffrant d'Alzheimer, puis qu'on lui demande de raconter ce qu'il a lu, il retrace, avec beaucoup d'aplomb et de conviction, des événements vieux de plusieurs années, comme si c'était leur récit qu'il venait de parcourir.

D'une certaine façon, vis-à-vis des facteurs quotidiens de stress, nous vieillissons prématurément. La plupart du temps, nous reproduisons des attitudes (les Anglo-Saxons diraient des modes de coping) sans les remettre en cause, pire encore, sans imaginer qu'il puisse en exister d'autres.

« Qu'est-ce que vous voulez que je fasse d'autre que de me stresser pendant l'heure de train que je dois faire tous les matins pour aller au travail ? », demandait une jeune femme au cours d'une conférence sur le stress dans une entreprise. La réponse vint spontanément de l'assistance : l'une chantonne, l'autre écoute de la musique sur son baladeur, un autre encore apprend l'anglais avec des cassettes. Il est probable qu'aucun de ces plans d'action ne pouvait convenir à mon interlocutrice, mais l'important est qu'*elle ne pouvait se représenter qu'il pût y avoir autre chose à faire que de se stresser* dans cette situation qu'elle rencontrait tous les matins.

Autrement dit, l'habitude ou la tendance qui nous conduit à reproduire un même comportement dans une situation de stress entraîne une restriction considérable du champ des « possibles ». C'est ainsi que, progressivement, nous nous transformons en victime du stress au lieu d'en être acteur. Comme cette femme qui « se stresse » tous les matins dans son train de banlieue, nous subissons la plupart de nos stress de la vie quotidienne car nous y faisons face selon des procédures répétitives.

Certaines de ces procédures sont incontestablement bien adaptées. D'ailleurs, la plupart des gens affirment être moins stressés à l'âge mûr que lors de leur jeunesse. Il est évident que ces procédures sont indispensables pour faire face à l'ensemble des sollicitations qui nous entourent. Nous ne pourrions « inventer » tous les jours une nouvelle manière de nous adapter à nos stresseurs quotidiens. Mais leur caractéristique est d'être figées dans un environnement mouvant. Même bien adaptées, elles auraient besoin régulièrement d'être réévaluées dans leur efficacité et éventuellement actualisées. Or les procédures nous enferment dans leur reproduction automatisée qui, bien souvent, ne laisse plus de place au déclaratif.

La foi antistress

Il n'est pas impossible que l'une des explications de l'adhésion massive, au cours de l'histoire de l'humanité, aux grands systèmes de croyance soit liée au caractère rassurant des procédures face aux stresseurs. En effet, ces systèmes de croyance (religieuse ou politique) ont notamment comme caractéristique commune de proposer une vision globale du monde qui rationalise dans un schéma préétabli tout événement et prévoit un comportement pour y faire face. D'une certaine manière, la vie est plus simple pour le fanatique qui applique de façon systématique des procédures. La question n'est plus pour lui de s'adapter à son environnement, mais de rester fidèle à son cadre procédural. Puisqu'il ne s'agit plus de s'adapter, il n'y a plus de stress. Le phénomène des sectes pourrait être ainsi une forme de réponse à l'excès de stress de notre vie moderne. Il met les individus à l'abri des changements et les installe dans des procédures.

Le déclin des systèmes de pensée donnant une explication globale simplifiée du monde a ouvert la voie à une perception du monde axée sur la complexité. Qui dit complexité dit précisément adaptation permanente et inefficacité des pensées automatiques et des actions rigidifiées, donc fragilité psychologique plus grande. Cela constitue l'un des éléments d'explication de cette perception d'un stress qui augmente dans nos sociétés.

Cependant, en dehors du cadre particulier de l'adhésion globale et sans distance à un système de croyance, ce qui est communément considéré comme stressant, c'est le changement. C'est à partir de cette idée qu'ont été construites les échelles d'événements de vie.

> *Sophie travaille dans une agence de communication. Très consciencieuse et travailleuse, elle s'est rapidement forgé une réputation de bonne professionnelle et s'est fidélisé un groupe de clients. Lorsque son agence a été rachetée, le nouvel actionnaire a parachuté comme directeur un jeune loup aux dents longues qui a d'emblée déplu à Sophie. Son impression première s'est confirmée à l'usage. Elle trouve son nouveau patron pédant, incompétent et déplaisant. Petit à petit, elle s'est marginalisée par rapport au reste de l'agence, gérant son portefeuille de clients en réduisant au maximum les contacts avec les autres.*
>
> *– J'en ai marre, je ne sais pas pourquoi je reste dans cette boîte, répète-t-elle à son ami en rentrant le soir.*

– Tu dis ça, mais tu ne fais rien pour trouver un job ailleurs.

– C'est vrai, j'ai l'impression de ne plus avancer et de ne rien apprendre, mais, d'une certaine manière, c'est confortable. L'idée d'aller chercher un job ailleurs me stresse encore plus.

Pourquoi les changements sont-ils considérés comme stressants en soi ?

C'est, à l'évidence, parce qu'ils nous obligent à sortir de nos procédures habituelles pour introduire du déclaratif. Il nous faut tenir compte de la spécificité de la situation, puis rechercher dans l'ensemble de notre champ de connaissance ce qui pourrait nous être utile pour mettre en place des plans d'action. Ces changements nous obligent donc à un effort de créativité qui aboutit à de nouvelles procédures. Créer est inquiétant *a priori*, car on ne sait pas si on va y arriver. L'inaptitude à faire face au changement, comme pour Patrice, ou même la simple appréhension à l'idée d'y être confronté, comme pour Sophie, viennent précisément de cette difficulté à sortir des procédures habituelles. Patrice fait de la résistance. Mais cette résistance-là, qui s'oppose au changement, pourrait être à l'origine d'un stress plus important encore que celui qui consisterait à changer de procédures. L'autre attitude est le mode de fonctionnement déclaratif qui correspond à une attitude active par rapport aux stresseurs, au contraire de la passivité et du confort de la reproduction. Cependant, les études sur les événements de vie ont tendance à montrer que l'accumulation des changements pourrait fragiliser ceux qui y sont soumis.

Le stress du changement et celui de la routine

On peut donc clairement distinguer deux types de stress. Celui que l'on appelle le stress de la vie quotidienne est répétitif et souffre de trop peu de variété. À l'inverse, le stress du changement, celui des événements, fait appel aux capacités d'adaptation. Au premier stress, on a tendance à répondre par des procédures qui sont aussi répétitives que le stress lui-même, alors que le second sollicite nos ressources déclaratives, c'est-à-dire créatives, ou devrait les solliciter. Dans certains cas, en effet, face au changement, l'individu tente de reproduire ses mêmes procédures avec souvent une certaine inefficacité. L'autre risque, face à l'excès de changement, est de sursolliciter le fonctionnement créatif au point de n'avoir plus suffisamment de points de repère et de perdre ses objectifs.

Le décalage entre le discours des scientifiques et celui du grand public vient probablement en partie de la différence entre ces deux stress. Lorsque les scientifiques parlent de stress, ils se focalisent sur des conditions extérieures particulières qui obligent à une adaptation nouvelle. Par exemple, ils étudient les effets d'un deuil sur la santé. À l'inverse, la plainte liée au stress que l'on retrouve dans la plupart des discours ou des écrits de non-spécialistes correspond plus à des conditions de vie considérées comme difficiles. Les scientifiques étudient donc la capacité déclarative d'un individu face à des changements, alors que les plaintes communes visent plus un excès de procédures qui nous enferment.

Le quantitatif et le qualitatif

Afin de mieux comprendre le stress mais aussi d'améliorer ses capacités d'adaptation, il paraît essentiel de différencier désormais ces deux types de stress. Dans le cadre du stress caractérisé par la répétitivité des contraintes, il est probable que l'appréciation principale qui en est faite est quantitative. C'est le « métro boulot dodo » des années soixante-dix. Cette monotonie est insupportable parce qu'elle occupe tout le champ psychique. La question du plus ou moins devient prédominante. À petite dose, ce stress paraît acceptable, mais s'il augmente il devient insupportable. C'est le cas, par exemple, lors de l'augmentation de la productivité des ouvriers ou des employés. L'accélération du rythme est évidemment vécue comme une source de stress, et la répétition conduit l'individu à chercher à reproduire toujours plus vite et de la façon la plus efficace.

En revanche, le stress de la nouveauté est d'emblée vécu sur un mode qualitatif. De quelle nouveauté s'agit-il ? Est-elle bonne ou mauvaise *a priori* ? Suis-je armé pour y faire face ? Ai-je un moyen de contrôler la situation ? Etc.

En termes de gestion du stress, dans le premier cas, il s'agit d'aider le sujet à imaginer qu'il peut faire autre chose que ce qu'il a l'habitude de faire, puis de l'accompagner dans l'étape de créativité pour lui permettre de savoir quoi faire. En revanche, pour faire face à la nouveauté, l'attitude déclarative, de créativité, doit être suffisamment encadrée pour éviter que le sujet ne se disperse dans des plans d'action qui n'aboutiraient pas.

6

Dites-nous si nous sommes stressés

Dans l'entreprise, le stress est devenu un enjeu de pouvoir. Les partenaires sociaux l'utilisent comme thème de revendication. Ils prennent à partie les managers et cherchent des arguments auprès des médecins du travail pour « prouver » que le personnel est plus stressé qu'il ne devrait l'être. Il n'y a pas encore eu en France de procès demandant des indemnités en dédommagement des effets néfastes du stress professionnel. Mais c'est aujourd'hui courant aux États-Unis, où les procès liés à des problèmes de stress professionnel représentent 14 % des procès intentés par les salariés à leur employeur. Cette proportion va croissant. Certains pays européens ont vu récemment des procès similaires apparaître chez eux et il est probable que la France n'y échappera pas à moyen terme. Dans d'autres cas, ce sont les dirigeants qui, connaissant l'importance des contraintes professionnelles auxquelles sont soumis certains salariés, souhaiteraient en mesurer les effets et en limiter les conséquences.

On demande souvent à l'expert de quantifier le stress. Mais, s'il n'est pas un charlatan, il ne sait pas répondre à cette question. Nous ne disposons pas d'instrument de mesure, d'échelle permettant une évaluation quantitative du stress et une comparaison d'une population à une autre. D'ailleurs, la question a peu d'importance. Si l'on pouvait dire que telle population est à cinq sur une échelle de zéro à dix et que telle autre est à sept, en quoi cela permettrait-il d'améliorer la situation ? Poser la question en ces termes suppose qu'une dose importante de stress est négative et qu'il faudrait revenir à une dose plus faible. Cette vision normalisatrice est évidemment fausse. Chaque profession implique une dose de stress indispensable et variable en fonction de l'activité concernée. Vouloir les comparer en termes purement quantitatifs n'a pas de sens.

Étudier le stress d'une organisation ou d'une population de professionnels consiste donc à s'interroger en termes qualitatifs. Il s'agit de répondre à deux questions : quels sont les facteurs de stress auxquels est soumise une population ? Quels sont les effets de ces facteurs de stress sur cette population ?

L'audit de stress

Nicolas Beytout, dans *Les Échos* du 2 mars 1993, écrivait à propos de l'audit de la France : « Établir l'audit des comptes d'un pays ne suffit pas en soi pour rendre compte de son état réel. Les chiffres ne mesurent pas tout. En tout cas, ils ne savent pas traduire ce sentiment partout ressenti. Il est fait de la peur du chômage, du sentiment qu'une société duale s'est installée, source d'inégalités accrues et d'injustices. On ne craint plus le chômage pour ce qu'il est mais pour ce qu'il menace d'apporter : l'exclusion et sa demi-sœur la pauvreté. » Ce qui est vrai pour la France l'est aussi pour l'entreprise. Aujourd'hui, les chiffres sont très insuffisants pour rendre compte de l'état d'une entreprise. Pour rendre compte de l'état d'une communauté, il est essentiel d'analyser sa situation psychologique, sa manière de percevoir son environnement.

Les managers aiment à répéter que « la plus grande richesse de l'entreprise, ce sont ses hommes », mais dès qu'il s'agit de mesurer la richesse de l'entreprise, le facteur humain disparaît. On ne parle plus alors qu'en langage comptable, en termes de passif et d'actif. L'audit de stress sert précisément à évaluer l'état de cette richesse humaine de l'entreprise. Au-delà du bilan de santé, c'est un véritable état des lieux de la ressource humaine qui met en évidence la capacité d'adaptation d'une population face à des événements futurs. Il y a quelques décennies, si l'on avait proposé à un chef d'entreprise de pratiquer un audit de la gestion de ses stocks, l'idée lui aurait paru curieuse, voire incongrue. Pourtant, il n'y a pas aujourd'hui de manager dans l'industrie qui ne soit très vigilant à cet égard. Il en va de même dans la plupart des domaines, que ce soit l'informatique, les frais généraux ou même l'environnement. L'audit de stress est aux années quatre-vingt-dix ce que la gestion des stocks était aux années soixante-dix.

Les facteurs de stress sont externes et internes à la population. Certains facteurs sont en rapport avec le contexte. Dans le cadre professionnel, ils ont trait notamment au mode de management, à la situation économique de l'entreprise et à l'ambiance de travail.

Ce sont eux qui sont d'emblée incriminés par les salariés. Mais il existe aussi des facteurs de stress spécifiques d'une population donnée. Ce groupe d'individus, en fonction de son histoire, en fonction de sa manière de se représenter les stresseurs auxquels il est soumis, y est plus ou moins sensible.

Un médecin du travail qui intervenait dans deux entreprises me racontait sa surprise de voir les ouvriers de l'une d'entre elles se plaindre d'une surcharge de travail alors qu'objectivement ils en avaient beaucoup moins que ceux de l'autre. Ainsi, les ouvriers qui étaient le plus surchargés ne semblaient pas s'en plaindre et en souffrir, alors que ceux qui l'étaient le moins s'en plaignaient. En fait, ceux qui souffraient du stress de la surcharge travaillaient dans une entreprise nationalisée et avaient plus de travail qu'auparavant. Les autres étaient dans une PME au sein de laquelle il paraît normal que les rythmes soient soutenus.

Il importe donc de ne pas s'arrêter à la description objective du stress car elle ne peut rendre compte de son impact sur les individus. Au cours d'une étude que nous avons réalisée dans une entreprise de service en région parisienne, le temps de transport est apparu au premier plan des facteurs de stress des salariés travaillant en agence. Ce facteur est facile à quantifier et peut sembler, *a priori*, avoir un impact identique sur l'ensemble des salariés. Il n'en est rien. En fonction du niveau hiérarchique, de l'investissement dans le travail et de la satisfaction que le salarié en tire, le stress du temps de transport a un impact très différent. Certains considèrent comme « normal » un temps de transport de deux heures par jour, alors que, pour d'autres, cela constitue un stress générateur de fatigue, de douleurs, etc.

Au cours d'un audit de stress, le regard ne peut donc se contenter d'être extérieur et de décrire des contraintes : il est indispensable d'entrer dans la subjectivité des individus, dans ce que les cognitivistes appellent leurs pensées automatiques et leurs modes de traitement de l'information. En plus de la photographie, qui met en évidence les sources de contrainte, l'audit de stress invite au voyage dans la subjectivité du salarié, ses affects et les relations qu'il établit avec les autres.

« Le stress, c'est à la mode, mais pas question de dépenser un franc dans un phénomène de mode. » « L'entreprise souffre, cela fait plusieurs années que l'on licencie. Alors ne comptez pas sur moi pour investir dans des gadgets. » Les attitudes des managers sont souvent claires et tranchées. Ils ont des priorités parmi lesquelles le stress n'entre pas. Il faut d'abord s'intéresser aux choses sérieuses, tandis que le stress est un luxe qui n'est pas de mise en ces temps difficiles. En fait, lorsqu'on va au-delà des réactions épidermiques et des déclarations péremptoires, on s'aperçoit que leur position est souvent plus complexe. Le stress est un véritable sujet de préoccupation pour eux, ils en connaissent les effets néfastes, ils s'inquiètent de l'augmentation des pressions qui pèsent sur leurs collaborateurs et souvent reconnaissent eux-mêmes en souffrir. Mais leur peu d'entrain à prendre en charge ce problème vient du sentiment qu'il est à la fois trop large et qu'il n'existe pas de méthodologie fiable pour l'aborder. En réalité, l'audit de stress a des indications précises et s'appuie sur une démarche rigoureuse qui permet de dégager des solutions.

Des signes qui ne trompent pas

Outre le diagnostic qu'apporte l'audit sur les facteurs de stress et leurs conséquences, il s'agit d'évaluer la capacité d'adaptation d'une population et de préciser en quoi les contraintes qui pèsent sur les individus peuvent induire des difficultés d'adaptation pour les salariés.

L'audit de stress peut être induit par l'émergence d'un certain nombre de symptômes qui peuvent inquiéter les salariés ou leur encadrement. Dans d'autres cas, il a lieu avant ou après un contexte particulièrement sollicitant comme une fusion, des licenciements importants, une délocalisation, etc.

Le stress professionnel a, en général, trois grands types d'expression : la précipitation, l'agressivité et l'évitement.

La précipitation

« Tout le monde court dans tous les sens, on passe d'une urgence à l'autre sans avoir le temps de rien finir correctement. » Dans cette description du stress tel qu'il est vécu dans une PME, on retrouve un certain nombre de constantes du mode d'expression du stress professionnel.

La précipitation est tout d'abord liée à la conviction d'être en retard et de n'avoir pas le temps de faire tout ce qu'on a à faire. Peu importe ce sur quoi repose cette conviction, qui résulte souvent d'une ambiance induite par contagion. Chacun se met alors à accélérer le rythme de façon systématique. Lorsqu'on se déplace, c'est en courant, lorsqu'on compose un numéro de téléphone, c'est de façon frénétique, lorsqu'on communique une information, c'est le plus rapidement et succinctement possible. La plupart du temps, si l'on demandait aux salariés les raisons de cette précipitation, ils évoqueraient le manque de temps. Rien n'est moins sûr. *On ne gagne pas de temps en courant, mais en hiérarchisant.*

Cette précipitation accentue l'impatience de celui qui est sous son emprise et par là même son irritabilité. Celui qui a couru jusqu'à la machine à café supporte moins bien le délai nécessaire à la composition de son café que celui qui a pris son temps pour y accéder. S'installe ainsi une spirale négative : plus on court, plus on est impatient, donc plus on court.

Plus grave encore que cette agitation souvent stérile, la précipitation fait perdre toute capacité d'anticipation : on fonctionne par réaction aux événements. C'est ainsi qu'on perd le contrôle de son activité pour n'être plus qu'un bouchon porté par le flot de sa journée de travail sans action réelle sur sa direction. Il s'agit de parer aux urgences qui se succèdent sans hiérarchiser un travail par rapport à l'autre. Il y a ainsi confusion entre l'urgence et l'importance. On se jette sur une tâche parce que « c'est urgent ». Mais est-ce réellement important, plus important qu'une autre tâche, qui, elle, serait moins urgente ? Il n'y a plus assez de distance pour s'interroger sur cette question. D'ailleurs, on ne réfléchit plus, on « gesticule ». On n'agit plus, ou « s'agite »

Sur le plan relationnel, la précipitation favorise les conflits, les malentendus, faute de prendre le temps de communiquer, et les colères. Mais on est déjà dans un autre mode d'expression du stress professionnel : l'agressivité.

L'agressivité

L'agressivité est souvent une réaction au sentiment que peut avoir le salarié stressé d'être en situation d'insécurité ou de danger. Le stress rend irritable. Chacun a pu remarquer que l'accumulation des contraintes induisait une réactivité épidermique à l'entourage. Elle est plus ou moins extériorisée en fonction du degré de contrôle que chacun a sur soi et de ce qu'il s'autorise à exprimer. Il arrive que l'irritabilité soit très intériorisée et se manifeste sur le mode de la colère contenue. Le plus souvent, c'est le ton sec ou la réactivité excessive.

Cependant, l'agressivité ne s'exprime pas toujours par les classiques claquements de portes, les cris et parfois les noms d'oiseaux qui embarrassent autant celui qui les a lâchés que celui à qui ils étaient adressés. Non, bien souvent, l'agressivité s'exprime de façon plus feutrée et moins voyante. Ce peut être, par exemple, sur le mode de la rumeur. On suscite (ou entretient) des rumeurs sur les uns ou les autres qui sont toujours potentiellement nuisibles et peuvent toucher des registres aussi divers qu'un licenciement proche ou la vie sexuelle. C'est la fameuse « radio moquette » qui bat tous les scores d'audience en entreprise.

Autre manière d'exprimer son agressivité : le registre non verbal. Jamais on ne s'affronte en direct ; on émet des signes qui expriment l'hostilité. Par exemple, lorsqu'on croise l'autre au sein d'un groupe, on fait comme si on ne l'avait pas vu et on évite soigneusement de le saluer ; lorsqu'il s'exprime en public, on hausse les épaules ou on affiche un léger sourire ironique et condescendant. L'objectif est que ces signes soient interprétés par l'autre comme autant de flèches agressantes sans jamais lui donner prise pour vous reprocher quoi que ce soit.

Il existe enfin des conflits collectifs qui s'inscrivent souvent dans un contexte de stress. L'agressivité peut prendre la forme de revendications absolutistes comme on a pu en voir lors des mouvements animés par des « coordinations ». Ailleurs, on désigne un bouc émissaire comme cause des souffrances ou comme facteur de stress.

Le repli et l'évitement

Dernier grand registre d'expression du stress professionnel : la tendance à se désinvestir et à prendre de la distance. Selon la fonction, le tempérament et le niveau hiérarchique de chacun, ce désinvestissement peut prendre la forme d'une recherche d'emploi ailleurs ou d'un maintien en poste mais en trouvant des dérivatifs. Ainsi le *turnover* volontaire des cadres dans les années quatre-vingt et l'alcoolisme au travail peuvent être interprétés de façon identique comme un mode de défense par rapport au stress professionnel. La solution externe est aujourd'hui beaucoup moins souvent envisagée qu'auparavant, notamment chez les cadres. Le repli se manifeste donc plutôt par une démotivation, une baisse de la vigilance et une multiplication des erreurs d'inattention. Il peut aussi prendre la forme d'un simple découragement passager.

Souvent, les salariés font état de difficultés de communication et constatent qu'ils ont tendance à se replier sur eux-mêmes. Ils n'entendent plus ce que leur dit leur entourage et renoncent eux-mêmes à s'exprimer comme ils le devraient.

À l'extrême, on observe des attitudes d'*impuissance acquise*. L'impuissance acquise, qui est le modèle animal de la dépression, est un comportement que l'animal adopte lorsqu'il cesse de lutter. Par exemple, la souris mise dans une bassine d'eau dont les bords sont lisses se débat et nage pendant un certain temps puis, résignée, elle se laisse flotter dans une position d'attente passive. Il en est parfois de même chez les salariés d'entreprise qui, lassés de se « débattre », se laissent flotter dans le courant de l'entreprise sans chercher à trouver des solutions, à améliorer leur situation ou simplement à s'exprimer.

Pour certaines catégories professionnelles, le repli prend la forme d'arrêts maladie. Le moindre rhume, la première douleur lombaire ou l'impression d'être fatigué sont prétextes à demander un arrêt au médecin traitant qui, s'il ne se montre pas suffisamment complaisant, est abandonné au profit d'un confrère moins scrupuleux.

La crise a parfois modifié les mœurs. Dans le secteur privé, où plane en permanence la menace du chômage, la tendance est plus au présentéisme qu'à l'absentéisme. Il s'agit avant tout de ne pas se faire remarquer : donc, pas question de s'arrêter. Des médecins du travail témoignent de la difficulté qu'ils ont parfois à convaincre un salarié de la nécessité, vu son état de santé, de s'arrêter.

Les deux premiers registres d'expression du stress professionnel peuvent être mis en relation avec l'anxiété engendrée par le stress. Souvent l'anxieux extériorise son trouble à travers une agitation désordonnée et une agressivité. À l'inverse, le repli évoque plus une tendance dépressive. Lorsque les salariés en sont à ce stade, ils se placent en position de victime ; ce qui accentue encore leur impression de stress. Ayant le sentiment de subir sans pouvoir agir, ils sont souvent très méfiants vis-à-vis de tout changement. C'est ainsi qu'on trouve des situations bloquées dans lesquelles les responsables ont l'impression que cette population demande des améliorations mais fait échouer tout changement par son immobilisme ; les salariés, eux, considèrent qu'ils sont manipulés et qu'ils sont les victimes du système. On trouve ces blocages dans les populations d'administratifs qui sont traditionnellement dévalorisés sur le plan de l'image et de l'évolution de carrière par rapport aux fonctions opérationnelles. La solution passe alors par la capacité qu'ont les managers à faire sortir de leur position de victime les salariés.

Au-delà des signes, un diagnostic

Un audit de stress doit respecter un certain nombre de règles. Tout d'abord, il est important de ne pas se laisser piéger par une conception idéologique du stress. L'étude du stress ne doit ni se limiter à la description des facteurs de stress, c'est-à-dire réduire le concept de stress à l'environnement, ni se restreindre à l'étude des populations en cause. Dans ce second cas, la conception du stress reviendrait à considérer que tout est affaire de particularités individuelles et que les contraintes importent peu. L'étude consiste donc à mener en parallèle une analyse des contraintes liées notamment à l'organisation du travail, au mode de communication, à la situation économique de l'entreprise, avec une évaluation des caractéristiques de la population soumise à ces contraintes.

Autre règle à respecter, la nécessité de faire préciser l'objectif de l'étude pour le commanditaire et l'usage qui en sera fait. Il importe, avant de commencer l'étude, de savoir auprès de qui les résultats seront diffusés. En principe, l'étude devrait servir de base pour améliorer la situation par rapport au stress professionnel. Cette amélioration peut se faire de deux manières. Il peut s'agir de modifier certaines contraintes comme le mode de management ou l'évaluation du travail. L'autre méthode consiste à favoriser une meilleure adaptation de la population aux contraintes qu'elle a à subir, notamment par de la formation. Il est clair que, pour avoir un effet optimal, le changement doit être mené de front sur le plan contextuel et sur le plan individuel. Une étude sur le stress a donc aussi pour fonction de déterminer ce qui, dans le changement, doit porter sur l'organisation et ce qui doit concerner les ressources humaines. Car une action sur le stress doit induire un changement.

Enfin, il est indispensable que la confidentialité soit totale notamment pour tout ce que chaque salarié peut dire de son propre stress.

L'audit comporte des observations objectives qui sont relevées sur le terrain par les consultants et des données subjectives qui ont trait aux représentations et aux investissements affectifs de la population en cause.

Les contraintes physiques

Ce domaine a été largement exploré par les ergonomes. Selon les professions et les postes de travail, ils mesurent les contraintes physiques (bruit, chaleur, lumière, etc.), les efforts fournis par le salarié, mais aussi les horaires avec les temps de pause, les temps de transport, etc. Il s'agit aussi de décrire les caractéristiques du poste de travail. La répétitivité du travail et la variété des tâches sont aussi essentielles dans cette description. En revanche, dans ces observations, on ne peut faire intervenir des considérations comme l'intérêt du travail qui comporte une dimension subjective. En effet, ces observations sont considérées comme objectives dans la mesure où elles sont quantifiables et comparables. Leur relevé doit être fait par l'expert qui constate la contrainte et la mesure.

Le mode de management et la communication

L'organisation du travail, la manière dont sont transmises les informations et déléguées les responsabilités doivent être décrites de la façon la plus factuelle. Il faut préciser les grandes lignes du management : comment les récompenses et les sanctions sont distribuées, sur quels critères se fait l'avancement, comment sont fixés les objectifs de chacun, comment sont évalués les résultats, etc. Dans le domaine de la communication, le consultant doit s'aider des théories systémiques pour mettre à jour les sources de stress potentielles. Outre la classique rétention d'information ou simplement la mauvaise organisation du système d'information qui fait que la bonne information a du mal à parvenir à son destinataire à temps, il faut chercher à mettre en évidence les doubles liens et les aspects implicites de la communication.

Le *double lien* consiste à émettre simultanément deux messages contradictoires. Ce mode de communication a pour effet de placer le sujet en position d'avoir nécessairement « tort » s'il choisit l'une des deux injonctions. C'est un peu comme si le feu rouge et le feu vert étaient allumés en même temps et qu'un agent de police vous guettait au coin de la rue. Si vous n'avancez pas, il peut verbaliser en faisant valoir que le feu est vert ; si vous avancez, il peut aussi verbaliser car le feu est rouge. Lors d'une étude que nous avons réalisée sur une population de chauffeurs-livreurs d'une entreprise de messagerie, nous avons constaté que les directives de l'encadrement allaient dans deux sens. Il leur fallait, d'une part, être suffisamment rapides pour terminer toutes les courses qu'on leur avait donné à faire au cours de la journée et, d'autre part, être aimables et serviables avec le client car ils étaient les « représentants de l'image de l'entreprise ». Dans la réalité, lorsqu'ils arrivaient chez un client, le colis qu'ils avaient à prendre n'était souvent pas prêt. Ils avaient alors le choix entre deux attitudes : soit ils se montraient conciliants et attendaient patiemment que le colis soit prêt et, dans ce cas, ils prenaient du retard sur leur tournée avec le risque de ne pas la terminer ; soit ils privilégiaient l'exigence de rapidité et pouvaient passer pour désagréables et peu compréhensifs auprès du client. Quel que soit leur choix, ils se mettaient en position d'être réprimandés par l'encadrement, qui ne manquait d'ailleurs pas de le faire. C'est un exemple très caractéristique de double lien. Ce dernier est souvent utilisé par le management pour fuir ses responsabilités face à des objectifs contradictoires. Les dirigeants transfèrent alors le stress de la décision sur leurs collaborateurs et se réservent le droit de les sanctionner en cas d'échec.

L'autre mode de communication qui constitue un facteur de stress important est la *communication implicite*. Elle peut concerner, notamment, les objectifs, les règles internes de communication ou l'appréciation de la qualité individuelle du sujet. Le principe consiste à contredire le discours explicite par des sous-entendus ou une communication non verbale. Par exemple, on insiste sur la nécessité de travailler en équipe, alors que chacun sait que la promotion se fait au détriment des autres. Le cadre est pris dans la contradiction de « faire semblant » de travailler en équipe pour, en fait, tenter de faire reconnaître ses mérites personnels. La communication implicite est redoutable car elle est floue. Les limites ne sont jamais claires, et chacun est obligé d'essayer d'interpréter ce qu'il considère être le désir de son supérieur.

Il est évident que l'observateur extérieur, qui n'assiste pas en direct à la plupart des entretiens, manque de matière pour mettre en évidence la communication implicite au sein de l'entreprise. Ce n'est possible qu'avec des informations indirectes relatées par les protagonistes. Le risque est alors de faire entrer des éléments interprétatifs et de quitter le strict domaine factuel. Aussi est-il important de recouper des informations provenant de sources variées pour s'approcher au plus près de la réalité.

L'état de santé général

L'état de santé de la population n'est pas à proprement parler un facteur de stress, c'est plutôt une conséquence. Cependant, l'étude du stress professionnel montre que le schéma linéaire cause/conséquence n'est pas conforme à la réalité. Celle-ci est beaucoup mieux illustrée par la notion de rétroaction et de cycles. Si un sujet soumis à un fort stress professionnel devient anxieux, son anxiété modifie son comportement (par exemple en évitant les situations anxiogènes) et devient une source de stress en elle-même. Au bout d'un certain temps, le stresseur et la manière d'y faire face constituent une entité systémique dans laquelle peu importe quelle est la cause et quel est l'effet.

Pour avoir un reflet de l'état de santé de la population étudiée, on dispose de trois sources. La première est constituée des données de la médecine du travail. Dans la plupart des grandes entreprises, cette dernière est en voie d'informatisation, ce qui permet de disposer de statistiques sur les observations recueillies lors de la visite annuelle et sur les arrêts de travail longs, qui nécessitent une visite de reprise. La deuxième source d'information réside dans l'interrogatoire des sujets eux-mêmes. Même si le souvenir déforme et omet souvent, un interrogatoire bien mené sur l'anamnèse du sujet permet de ne pas passer à côté des maladies importantes dont il a été victime. Enfin, l'état de santé de la population peut être évalué à partir d'examens cliniques. La plupart du temps, on ne mène pas de véritables examens cliniques ; en revanche, certains troubles psychiques sont détectés à travers des échelles.

On utilise, en général, une échelle d'anxiété et une échelle de dépression. Ces troubles, lorsqu'ils sont présents, ne sont pas nécessairement liés au stress professionnel ; cependant, on retrouve souvent un facteur déclenchant. Il est, de plus, possible de comparer les chiffres retrouvés dans le groupe étudié à ceux extraits des études épidémiologiques sur l'anxiété et la dépression. Enfin, la prise de psychotropes constitue un dernier indicateur sur l'état de santé de la population. Comme pour l'anxiété et la dépression, il est intéressant de comparer le nombre de sujets qui prennent des anxiolytiques et des hypnotiques aux chiffres de consommation dans la population générale.

Le stress professionnel n'est évidemment pas la cause unique des maladies que peuvent présenter les salariés. Cependant, il peut être intéressant de mesurer des corrélations entre des facteurs de stress et la morbidité de la population qui y est soumise [1].

Au cours de cette enquête, il est essentiel de ne pas trop se focaliser sur l'un des résultats pour lui accorder une valeur déterminante par rapport au stress. L'intérêt d'un audit de stress est de dégager une vue globale de la situation et surtout de contourner le risque simplificateur du « je suis stressé à cause de... »

Le stress tel qu'il est vécu

L'idée que se font les salariés sur les facteurs de stress a une importance primordiale. De cette repré-

1. La corrélation n'est en rien un chiffre qui démontre un rapport de cause à effet, mais qui indique si des variables évoluent dans le même sens.

sentation dépend l'impact des facteurs de stress. Ainsi, certains facteurs de stress qui pourraient être considérés comme « objectivement » importants sont parfois vécus comme assez triviaux, et inversement. L'étude des représentations concerne celles que l'individu a sur lui-même en tant que salarié, celles qu'il a de son entreprise, celles qui ont trait à son avenir et à celui de l'entreprise. Dans le cadre d'un audit de stress, les salariés s'attendent à des questions sur leurs stresseurs. C'est donc par ces questions qu'il convient de commencer l'entretien.

Viennent ensuite les questions sur leur histoire professionnelle et la représentation qu'ils se font de leur fonction actuelle (son utilité, l'importance qu'elle a pour les autres, etc.). Puis, par cercles concentriques, on passe de l'individu à son service, et de son service à l'entreprise elle-même en y incluant des aspects liés à l'organisation et à la gestion du personnel (perspectives d'évolution, mode d'évaluation du travail, etc.).

Deux grands registres sont essentiels à explorer à ce moment de l'étude : la dimension affective et le positionnement dans le jeu relationnel.

La description de la charge affective donne une cartographie des sources de motivation et de démotivation du sujet. Il est évident que cela influe sur la sensibilité aux stresseurs. Par exemple, une population qui a un attachement affectif très fort envers sa hiérarchie directe accepte assez facilement des surcharges de travail qui viennent directement d'elle et beaucoup moins facilement les surcharges qui viennent « d'en haut », sans que le management intermédiaire y soit associé. Il en est de même pour le positionnement dans le jeu relationnel. Les jeux d'alliances et de rivalités, le mode de communication avec l'entourage interviennent au premier plan de la sensibilité de la population aux facteurs de stress.

Ce travail d'investigation doit aussi permettre d'évaluer l'adaptabilité des sujets à des changements éventuels. Pour cela, il faut estimer l'importance du fonctionnement procédural de la population étudiée. En effet, plus elle est fixée sur des procédures rigides qui ne laissent pas de place au fonctionnement déclaratif, plus son adaptabilité est *a priori* faible. Cette rigidité du fonctionnement procédural peut être évaluée à l'aide de questionnaires qui restent expérimentaux pour le moment. Les procédures peuvent concerner certains champs de l'activité ou l'ensemble de l'activité. L'adaptabilité est évidemment aussi fonction des représentations, notamment de l'avenir.

La dimension temporelle

Aussi précise et minutieuse que puisse être une étude sur le stress, elle a lieu à un moment donné. Le salarié qui est interrogé est alors plus sensibilisé à tel ou tel facteur de stress en fonction des circonstances actuelles, des événements de la journée ou de la crainte de ceux qui sont attendus. Il peut donc « oublier » certains facteurs de stress qu'il rencontre habituellement dans sa vie quotidienne au profit des événements du moment. Pour parer à ce biais, il est important de compléter les entretiens et les observations par des autoévaluations quotidiennes réalisées par les salariés eux-mêmes. En pratique, on leur donne des grilles d'autoévaluation sur lesquelles ils cotent quotidiennement l'intensité des différents facteurs de stress qu'ils ont rencontrés, ainsi que leur impression de tension globale au cours de la journée. L'évaluation a lieu le soir juste avant de quitter le travail. Ces autoévaluations qui, en pratique, ne prennent que quelques minutes par jour au salarié, peuvent s'étaler sur deux ou trois mois. Cela permet de disposer d'un reflet diachronique et quantitatif des facteurs de stress tels qu'ils sont perçus. Il peut être instructif de faire un calcul de corrélation entre l'impression de tension du sujet et l'intensité des facteurs de stress tels qu'il les a évalués lui-même. Bien souvent, le sujet est surpris par les résultats de cette corrélation. Les jours où il se dit tendu sont ceux où il a coté des facteurs de stress qui lui paraissaient d'abord peu importants. Nous avons pu ainsi mettre au jour, au cours d'un audit, l'importance des conflits internes comme facteur de stress. Lors des entretiens, les salariés avaient tendance à minimiser cette dimension au profit de la quantité de travail. Les évaluations faites par eux-mêmes ont pu faire prendre conscience de ce problème et donc induire une réflexion pour améliorer la situation. La synthèse de toutes ces informations doit permettre d'identifier les décalages qui existent entre l'intensité de certains facteurs de stress et leur retentissement sur la population qui les subit. L'audit de stress prend tout son intérêt quand il permet aux managers, qui ne vivent pas de la même façon les facteurs de stress que les salariés, de bien comprendre quels sont précisément les impacts des stresseurs. Ils ont bien souvent des *a priori* sur cette question qui les induisent en erreur.

J'ai été amené à intervenir dans un grand réseau bancaire à la suite de demandes réitérées des représentants du personnel. Leur perception était que le stress allait croissant et que les conséquences de ce stress étaient de plus en plus marquées, notamment pour la santé des salariés. L'étude concernait deux sites du réseau qui comprenaient deux populations de salariés : des commerciaux et des administratifs.

Dès les premiers entretiens avec les cadres dirigeants, il est apparu que tous avaient approximativement la même opinion. Les populations stressées sont constituées de commerciaux soumis à une pression très forte de leur hiérarchie pour vendre toujours plus. En revanche, du côté des administratifs, l'atmosphère est plutôt calme ; d'ailleurs, y travaillent ceux qui ne supportent pas la pression que l'on fait peser sur les commerciaux.

Les résultats de l'étude ont montré que deux groupes de salariés étaient particulièrement sensibles au stress : les administratifs sans responsabilités hiérarchiques et les responsables hiérarchiques commerciaux de plus de quarante-cinq ans. Pour les premiers, il existait une inadéquation entre l'importance des facteurs de stress « objectifs » et leurs conséquences en termes d'arrêts de travail et de troubles anxio-dépressifs. L'étude a mis en évidence une attitude d'impuissance acquise à l'origine d'un cercle vicieux. Celui-ci pouvait être résumé par l'impression, pour ces salariés, de se sentir des victimes (sous-informées, déresponsabilisées, sans perspectives de promotion, etc.) et, pour leur entourage professionnel, de les considérer comme des individus fragiles qui travaillent peu et s'adaptent mal aux changements. De fait, l'une des conséquences de ce cercle vicieux était la résistance au changement de ces administratifs : ils avaient peur que l'évolution de la conjoncture rende nécessaire une amélioration de la productivité et un changement rapide des techniques.

La seconde population exprimait sa sensibilité au stress d'une façon différente : peu d'arrêts de travail ou alors très longs, conduisant à une préretraite ; en revanche, une démotivation importante liée à la rivalité avec les jeunes diplômés et au manque de visibilité de leur avenir dans la banque.

Au contraire, les commerciaux en contact avec les clients, faisaient globalement bien face au stress.

Changer les représentations et les contraintes

Ce qui est primordial, à cette étape de l'étude, c'est de ne pas retomber dans le piège du tout organisationnel ou du tout individuel. Il est, en effet, souvent tentant de relever les défauts de management et de les rendre entièrement responsables des difficultés que les salariés rencontrent. C'est d'ailleurs presque toujours comme cela que les individus se les représentent. À l'inverse, si l'on en croit certains dirigeants, des catégories de personnel sont décourageantes de passivité et de manque d'esprit d'initiative. L'audit doit en permanence *mettre en parallèle l'aspect individuel et l'aspect managérial*, et montrer de quelle manière les deux peuvent progresser de front. L'expérience révèle que les changements managériaux sont beaucoup plus efficaces s'ils sont accompagnés d'une remise en cause simultanée de la population concernée dans sa manière de s'adapter à son environnement de travail ; à condition, bien sûr, que cette remise en cause soit faite par les acteurs eux-mêmes. Fondamentalement, l'audit de stress doit permettre à chacun de s'interroger sur les façons de s'adapter aux contraintes. Lorsque les données du problème sont bien posées, les solutions sont plus faciles à trouver. Il reste au consultant à pointer les résistances au changement et aider à lever les peurs qui les nourrissent.

Troisième partie

Bien gérer son capital

7

Comment devenir un bon stressé ?

« Les stoïciens apprenaient à distinguer ce qui dépend de nous de ce qui n'en dépend pas. [...] Ce qui ne dépend pas de nous, quand le désir s'en mêle, est objet d'espérance. [...] De là le malheur des hommes, qui n'est qu'espérance toujours déçue et toujours renaissante. Madame Bovary, c'est nous. Contre quoi il n'est qu'une seule sagesse, chez Descartes comme chez quiconque, et qui est stoïcienne au moins en son commencement : distinguer ce qui dépend de nous de ce qui n'en dépend pas, pour n'attacher nos désirs qu'à cela seul qui en dépend », écrit André Comte-Sponville [1].

De ce point de vue, les stoïciens ont été les premiers à théoriser et à mettre en pratique ce que l'on appelle aujourd'hui la gestion du stress. En termes modernes, on pourrait dire qu'ils conseillaient non de s'interroger sur les contraintes, d'incriminer l'environnement, mais de voir comment, à contraintes égales, l'individu peut

1. *Impact Médecin Hebdo*, 20 novembre 1992.

mieux s'adapter. La gestion du stress consiste à poser comme base que ce qui dépend de l'individu, c'est lui-même. Cela ne veut pas dire qu'il faut cesser de lutter pour améliorer les contraintes qui pèsent sur l'individu ; simplement, selon les cas, ces actions s'appellent politique, écologie, action humanitaire... La gestion du stress se place donc sur le terrain de la personne et doit lui permettre de développer ses capacités d'adaptation. Comme le stress est inévitable, il s'agit donc de devenir un bon stressé.

Il existe deux grands registres d'amélioration possibles. Le premier concerne la prévention, et le second porte sur les techniques pour faire face en situation de stress.

Prévenir

Avant une épreuve de rallye, le mécanicien rend l'automobile de compétition la plus performante possible. Il renforce les points faibles, règle la suspension et choisit les pneumatiques pour que la voiture s'adapte au mieux aux particularités de la route ; il vérifie que freins et accélateur fonctionnent bien et fait le plein de carburant. De même, les techniques préventives visent à entretenir et préparer au mieux la « machine » humaine.

Une meilleure hygiène de vie

Après son match de tennis, Bernard se dirige directement vers le sauna.

– Tu es fou, tu t'es épuisé à courir derrière mes balles et tu vas encore te prendre une suée. À mon avis, il ne te reste rien à transpirer.

– Ne t'inquiète pas pour moi, de toute façon j'ai encore trois kilos à perdre.

– Tu ferais mieux de faire moins de repas d'affaires.

– Et pourquoi pas le vin et la cigarette pendant que tu y es ; si on devait se mettre à écouter les conseils des toubibs, la vie serait d'un triste ! »

Il est vingt-trois heures lorsque Bernard arrive à la soirée de son amie Oriane. Trois vodkas plus tard, il commence à sentir une grande lassitude et s'assoit dans un coin pour regarder les autres danser. Son répit n'est que de courte durée.

« Alors Nanard, on faiblit... Arrête de bouder et fais-moi plutôt danser, n'oublie pas que tu m'as promis de faire la fermeture. »

Quatre heures du matin, Bernard se retourne depuis vingt minutes dans son lit sans trouver le sommeil. Il regarde les minutes défiler et se dit avec angoisse qu'il ne sera pas en forme lors du petit déjeuner de travail avec son président. À quatre heures et quart, il fume une dernière cigarette et se décide à prendre un somnifère : « Si je n'arrive pas à me réveiller tout à l'heure, je compenserai par du café. »

Le radio-réveil parvient à peine à le sortir d'un semi-coma. Il a le sentiment d'avoir encore le goût du tabac et de l'alcool dans la bouche, et l'impression que ses idées sont aussi pâteuses que sa langue. La douche froide et la demi-cafetière n'ont pas leurs effets escomptés : il se sent toujours aussi fatigué et s'inquiète de l'image que lui renvoie le miroir.

La plupart des règles qui suivent sont connues. Beaucoup relèvent même du simple bon sens. Toute la difficulté consiste à les appliquer.

Chacun sait bien qu'il s'adapte mieux aux facteurs de stress lorsqu'il est reposé. Une étude américaine a même montré que les jeunes recrues insomniaques ont une moins bonne réussite sociale que ceux qui ne le sont pas. Cela mériterait d'être vérifié ; en revanche, ce qui est sûr, c'est que le manque de *sommeil* a, entre autres conséquences, celle d'altérer les capacités à faire face à la nouveauté. Le temps de sommeil nécessaire pour une récupération correcte est très variable selon les personnes. Les spécialistes considèrent que cinq heures seraient le minimun nécessaire pour que les performances ne soient pas détériorées pendant l'état de veille. Il est évident qu'un dormeur habitué à huit heures ne peut passer du jour au lendemain à cinq heures sans en ressentir les effets. Le principe consiste à se coucher toujours à la même heure et à diminuer progressivement son temps de sommeil, quart d'heure par quart d'heure, en avançant l'heure de son réveil. La régularité est le point essentiel et souvent le plus difficile à respecter. Elle est la clé qui permet de réduire son temps de sommeil sans altérer ses performances.

Le *sport* permet de se maintenir dans une bonne forme physique et d'« évacuer » l'impression de tension qui s'installe bien souvent. Le sport détend et engendre une fatigue qui est différente de celle qui est liée au travail de bureau. Souvent, après une journée au cours de laquelle s'est accumulée la nervosité, on renonce à une séance de sport avant le dîner sous prétexte que l'on se sent fatigué. En fait, lorsque encouragé par un proche, on fait un peu de sport, on en sort plus reposé pour la fin de soirée. Il est évident que les manières de pratiquer le sport sont nombreuses et que certaines peuvent avoir tendance à amplifier le stress plutôt qu'à le réduire. Si le sport, au lieu d'être un moment de détente, reste comme le travail une occasion de compétitions, il n'a pas l'effet bénéfique attendu. Il en va de même pour les sports très violents pratiqués de façon irrégulière. Ils deviennent dangereux : car, au lieu de réduire le niveau de tension, ils en créent une autre axée sur la recherche de sensations fortes ou l'esprit de compétition et, à partir d'un certain âge, ils peuvent constituer un facteur de risque cardio-vasculaire.

Parmi les *excitants*, en ligne de mire, le café, ou plutôt la caféine, qui est un produit très anxiogène. L'une des manières de provoquer des attaques de panique, qui sont des crises d'angoisse aiguës, est d'injecter de la caféine. Lorsqu'on est sursollicité par son environnement, on est vite fatigué. Pour compenser cette fatigue, on prend plus de café, lequel est un stimulant. Mais la caféine empêche de dormir : donc on est plus fatigué, donc on prend plus de café... Le cercle vicieux s'installe, qui fragilise de plus en plus vis-à-vis des pressions exercées par l'environnement. Le café est, par conséquent, plutôt déconseillé à ceux qui veulent devenir de « bons stressés ». À peine ai-je fini ma phrase que je vous entends vous récrier : une cafetière par jour n'a jamais empêché de dormir ! C'est vrai pour certains, car la sensibilité à la caféine est très variable selon les individus et que certains y sont accoutumés. Pour tous les autres, buveurs occasionnels de café ou habitués à de petites doses, il faut perdre l'habitude d'en augmenter les doses en période de stress et ne pas oublier que la caféine se trouve aussi dans le thé et certains sodas.

L'alcool est probablement l'anxiolytique le plus ancien et le plus utilisé. C'est d'ailleurs l'une de ses fonctions sociales reconnues. Qui n'a pas fait l'expérience de la coupe de champagne ou de l'apéritif en début de soirée qui aide à se désinhiber dans le contact avec les autres ? Il est parfois utilisé aussi pour provoquer le sommeil. Le problème est lié au fait qu'il induit une dépendance, que lorsqu'il est pris à dose importante, il a tendance à fractionner le sommeil par des temps de réveil, qu'il favorise la fixation des graisses et que globalement il est nuisible pour la santé. Ce qui ne doit pas empêcher de profiter du plaisir d'un bon vin...

En matière *diététique*, soyons clair : il n'existe pas, comme cela a pu être écrit, de régime antistress. La diététique intervient comme élément de base de l'hygiène de vie qui permet de se maintenir en forme. Il n'est pas question ici de prendre parti dans les débats qui agitent la diététique, soumise aux phénomènes de mode et organisée en chapelles aussi sectaires que celles qui divisent la psychiatrie. Je me contenterai de quelques règles très simples. Nous avons globalement tendance à trop manger d'aliments sucrés et de graisses animales, et pas assez de fibres alimentaires que l'on trouve notamment dans les légumes. Quant à la répartition des repas, nous avons tendance à manger trop le soir et pas assez le matin. Et en matière de temps consacré aux repas, nous avons tendance à sacrifier la pause-déjeuner de midi. Chacun avec ces règles simples peut améliorer ses habitudes alimentaires.

Dans beaucoup de cas, il est essentiel de *mieux équilibrer le travail et les loisirs*. Pendant le dîner de famille, certains pensent à la note qu'ils rédigeront le lendemain. Le vendredi soir, ils rentrent avec une serviette pleine de dossiers à étudier, et les moments de loisirs se passent avec des clients ou des collègues afin de faire avancer les affaires en cours. Cette immersion complète et permanente dans l'univers du travail est nuisible à deux égards. Elle empêche de prendre du recul par rapport à l'activité professionnelle. Le « nez dans le guidon », on perd la capacité de choisir la bonne route pour s'épuiser à pédaler. L'effet à long terme est important aussi. En ne laissant aucune place à ce qui n'est pas le travail, on finit par progressivement assimiler sa personnalité à sa fonction professionnelle. Cette situation engendre une très grande fragilité vis-à-vis des événements professionnels qui ne sont plus relativisés par la dimension que l'individu donne à sa vie à travers sa famille, sa vie amicale, associative, sportive, religieuse... Il est donc important de se construire un équilibre qui repose sur plusieurs pieds. Chacune des voies que l'individu se choisit donne sens à sa vie et est l'objet d'un investissement affectif. Les investissements étant ainsi mieux répartis, si l'un des pôles est l'objet de difficultés, les autres jouent leur rôle d'amortisseur.

À ces règles, j'ajouterai volontiers le rire et l'humour. Au-delà des études qui montrent que le rire aurait un effet bénéfique sur certaines pathologies, le rire et l'humour sont surtout un formidable moyen de prendre de la distance par rapport aux contraintes auxquelles nous sommes soumis. Ils ont aussi une vertu de convivialité essentielle dans nos sociétés au sein desquelles l'isolement est de plus en plus fréquent.

Ces règles sont connues. On sait qu'on devrait les appliquer mais, la plupart du temps, on n'y arrive pas. Le même scénario se répète tous les ans : on prend de bonnes résolutions en septembre ou en janvier et, parfois, on en reste là ; dans le meilleur des cas, on fait un effort mais, bien vite, la vie reprend le dessus et les vieilles habitudes reviennent au galop.

Si l'on souhaite modifier ses règles de vie, il faut donc leur appliquer une procédure de changement comportant une méthode rigoureuse.

Changer de vie

Il convient d'abord de *choisir un objectif possible à atteindre*, par exemple dans la liste suivante :

– régulariser le rythme de sommeil,
– faire de l'exercice physique deux fois par semaine,
– entretenir ou élargir son réseau relationnel,
– diminuer le café ou le thé,
– diminuer l'alcool,
– réserver au moins trois quarts d'heure au repas de midi,
– rééquilibrer les repas,
– prendre un vrai petit déjeuner.

Il est important que cet objectif reste dans les limites du possible. Si, par exemple, la pratique d'une séance de sport par semaine paraît déjà difficile à tenir à long terme, il est évident qu'il ne faut pas essayer d'emblée d'en faire deux.

Il faut ensuite bien *préciser les moyens pour atteindre son objectif.*

C'est la question du « comment ». De quelle manière vais-je m'y prendre ? Pour cela, il faut commencer par supprimer quelque chose. Qu'est-ce que je fais et que je ne ferai plus pour atteindre mon objectif ? Pour faire du sport un soir, qu'est-ce que je fais à l'heure à laquelle je voudrais faire du sport et que je ne ferai plus ? Ensuite, je dois préciser quel sport, avec qui, pendant combien de temps.

Puis, il faut prévoir les aléas qui peuvent se présenter, en restant très pragmatique. Si le projet est de faire une partie de tennis : qu'est-ce que je fais si mon partenaire a un empêchement ou s'il pleut ?

Le principe est de tout mettre à plat, d'envisager tous les obstacles que l'on peut rencontrer et d'y trouver des solutions alternatives.

Étape essentielle : il faut un *contrôle*. Pourquoi ne pas annoncer son projet à ses proches afin qu'ils puissent vérifier que vous suivez bien le programme que vous vous êtes assigné ? Le regard de l'autre est très important comme facteur d'engagement dans le processus de changement. On peut même lui demander de mettre une note en fonction de l'objectif que l'on s'est fixé. Par exemple, si l'on décide de remplacer les cinq tasses de café de la matinée par des verres d'eau, on peut demander à son collègue de contrôler que l'on se tient à son objectif en mettant une note sur dix quotidienne.

Au bout de quelques semaines, le changement doit être devenu une habitude, ou un plaisir, qui ne demande plus d'efforts.

La relaxation

Un auteur américain a écrit que la relaxation « est l'aspirine de la gestion du stress ». De fait, la relaxation est l'ingrédient de base de tous les programmes de gestion du stress. De quoi s'agit-il ? La relaxation consiste à conjuguer deux états qui ne coexistent pas naturellement : la détente musculaire et la concentration. En général, lorsqu'on a une bonne détente musculaire, l'esprit s'évade et l'on s'endort. Par ailleurs, si l'on est très concentré, on est tendu sur le plan musculaire. Pour se relaxer, il faut s'entraîner à se concentrer en étant détendu sur le plan musculaire. La respiration abdominale est toujours utilisée pour induire l'état de relaxation.

Il existe de très nombreuses méthodes qui toutes affirment leur différence et surtout leur supériorité (la méthode Schultz, celle de Jacobson, le yoga, la sophrologie, etc.). Dans le cadre de la gestion du stress, il n'existe pas d'étude contrôlée comparant ces méthodes, et rien, si ce n'est la conviction personnelle, ne permet d'affirmer que telle ou telle est supérieure aux autres.

Dans le domaine de la relaxation, la technique compte moins que la pratique. Ce qui est essentiel, c'est un entraînement quotidien, voire pluriquotidien.

À quoi sert la relaxation ? Elle permet d'améliorer le contrôle émotionnel. Lorsqu'on se sent submergé par ses émotions, la relaxation est une méthode efficace pour reprendre le dessus. C'est aussi un moyen de se déconnecter de son environnement et de se reconcentrer. Enfin, la relaxation évite que s'accumulent des tensions musculaires importantes qui accentuent l'impression de fatigue.

Dans la vie active, il est souvent difficile de pratiquer les méthodes qui nécessitent d'être allongé et isolé. C'est pourquoi une méthode a été développée à partir de la technique de contrôle des attaques de panique : elle consiste à se relaxer en quelques minutes, assis ou même debout. La journée peut ainsi être scandée par de courts moments au cours desquels on est capable de s'abstraire des pressions liées au contexte, de reprendre le contrôle de ses pensées et de relâcher ses muscles. Ce type de relaxation est aussi utile dans les moments qui précèdent une situation anxiogène, comme la prise de parole en public, une rencontre conflictuelle avec un supérieur hiérarchique, etc.

Bien gérer son temps

Il n'est pas question ici de décrire en détail les méthodes de gestion du temps. Il existe de nombreux ouvrages qui le font très bien. Il faut insister sur deux points.

Dès que l'on parle de stress professionnel, on pense surtout surcharge de travail. La surcharge de travail ou la mauvaise gestion du temps sont très proches. La gestion du temps est donc un élément à part entière de la gestion du stress, même si celle-ci a été trop souvent réduite à ce simple apprentissage.

L'essentiel est d'apprendre à mieux hiérarchiser ses tâches et à distinguer l'urgence de l'importance. Il est fréquent que l'on justifie ce que l'on fait par l'urgence. « Je n'ai pas le choix car il faut faire face aux urgences », entend-on fréquemment. Or *la question n'est pas l'urgence, mais l'importance*. Chaque fois que l'on me demande de faire face à une urgence, je dois m'interroger afin de savoir si c'est plus important que ce que je suis en train de faire. *La capacité à hiérarchiser est la clé de la gestion du temps.*

Ne pas se laisser déborder par les autres

« Excuse-moi de te déranger, mais est-ce que tu pourrais jeter un coup d'œil à ma lettre avant que je l'envoie ?

C'est notre contrat avec notre plus gros client qui se joue dans cette affaire. »

Martine commence à regretter les principes qui l'ont conduite à rester disponible à tous et à tout moment. « On n'est pas directeur de la communication en restant enfermée dans son bureau ; il faut être à l'écoute des gens et à leur disposition », avait-elle décrété en arrivant dans ses nouvelles fonctions. Un an plus tard, le pari semble gagné et les habitudes prises. Comme la règle est de ne jamais dire non et que la compétence de Martine est établie, elle est sollicitée en permanence.

Il est onze heures et demie et Martine n'a pas encore écrit une ligne du projet de discours que lui a demandé son président. À croire qu'ils se sont donné le mot. En fait, Martine sait que le problème est chronique depuis quelques semaines et qu'elle a commencé à rédiger ses notes chez elle. Mais elle est obligée d'attendre que les enfants soient couchés, car tant qu'ils sont éveillés elle se fait un devoir de se consacrer à eux. Finalement, c'est avec l'homme qui est censé partager sa vie qu'elle passe le moins de temps. Du reste, il commence à s'en plaindre. « Et moi, et moi, et moi », a-t-elle envie de leur répondre par moments. Elle n'a plus le loisir de s'occuper d'elle, d'avancer son propre travail, ni même de se faire plaisir. Elle n'en peut plus.

Le stress, ce n'est pas toujours l'enfer, mais c'est souvent les autres. La sursollicitation, difficile à supporter, vient en effet bien souvent de l'entourage personnel et professionnel. Tout part souvent de schémas cognitifs de type « je dois toujours répondre à une demande », « je dois être entièrement disponible pour mes enfants » ou encore « il m'est impossible de dire non à un supérieur hiérarchique ». D'ordinaire, ces schémas ne sont pas conscients, mais ils conditionnent la manière d'agir et ne sont pas remis en cause. Dès lors, les limites deviennent floues entre une nécessaire disponibilité aux autres et un envahissement de son champ personnel. Le problème est double. Il faut commencer par établir l'emplacement de cette limite. Or, bien souvent, on n'est pas clair avec soi-même. Il existe un fond de culpabilité qui nous fait considérer que l'on n'en fait pas assez avec ses enfants ou son conjoint. En retour, il arrive aussi qu'au travail on fasse comprendre aux autres qu'ils n'en font jamais assez et que l'on joue avec leur culpabilité. Il s'agit donc de tenter de s'abstraire, autant que faire se peut, des pressions sociales et familiales pour décider de ce qui est ou n'est pas acceptable de la part de son entourage.

Cette limite que l'on fixe est l'objectif à atteindre. Il faut ensuite se donner les moyens d'atteindre l'objectif. Il est indispensable de l'annoncer à son entourage. Toute la question réside dans le comment. C'est là qu'interviennent les règles de l'affirmation de soi. Cette technique qui permet de communiquer ce que l'on ressent en contrôlant l'émotion suscitée s'apprend exactement comme la pratique d'un sport. Par exemple, l'une des règles de l'affirmation de soi est l'usage du *Je*. Au lieu de dire à l'autre ce qu'il est ou fait (tu es agressif, tu fais trop de bruit, etc.), on exprime ce que l'on ressent (je me sens agressé, je suis gêné par le bruit, etc.). Cela permet de toujours pouvoir dire ce qu'on a à dire (car ce que l'on ressent n'est pas contestable par l'autre) sans agresser l'autre. Il n'est évidemment pas question d'en détailler ici les principes, ce qui nécessiterait un ouvrage entier, mais il faut avoir présent à l'esprit que le stress lié aux autres trouve toujours des solutions, pourvu que l'on s'y consacre.

Développer et entretenir son réseau relationnel

Des études ont été réalisées sur des populations qui ont subi des bombardements. Elles cherchaient à mettre en évidence les différences entre ceux qui ont rapidement surmonté ce stress et ceux qui présentaient des difficultés plus durables. Les résultats ont montré que l'un des facteurs importants était la qualité du réseau relationnel.

Il ne s'agit bien sûr pas seulement d'avoir des relations, mais d'avoir des liens forts avec son entourage. L'essentiel est de *pouvoir parler de soi en confiance avec ses proches*. Or ce réseau relationnel est comme un jardin. Les mauvaises herbes envahissent les allées, et les orties remplacent les massifs de fleurs, si on ne l'entretient pas régulièrement et avec soin.

À qui puis-je parler de moi en toute confiance ? Voilà la question. Pour certains, ce rôle est attribué à la famille plus ou moins élargie ; les autres doivent se constituer une « famille choisie ».

> *Olivier tourne les pages du répertoire téléphonique de son agenda et réalise avec inquiétude qu'il est déjà à la lettre P et n'a encore trouvé personne à appeler pour discuter de ses problèmes actuels. C'est la première fois qu'il rencontre ce type de difficulté, qui mêle à la fois vie professionnelle et vie privée. Sa jeune collègue, avec laquelle il a eu une brève aventure, est menacée de licenciement, ce qui est peut-être une manière détournée de chercher à l'affaiblir lui-même. Il ne peut évidemment en parler à son épouse, qui est devenue son unique confidente.*

*Sa vie est pourtant parfaitement réglée : il travaille tous les jours de la semaine sauf le dimanche, consacré à la vie de famille ; deux soirs par semaine, il joue au tennis dans son club, et, l'été, il part trois semaines en vacances pour l'île de Ré dans la maison familiale. En feuilletant son répertoire, il réalise à quel point il s'est éloigné de ses amis de lycée et même de ceux d'*HEC*, avec lesquels il garde une complicité et un plaisir partagé à se revoir dans les réunions d'anciens élèves, mais pas suffisamment d'intimité et de confiance pour raconter une histoire comme celle-là.*

Sa femme et lui organisent bien des dîners avec des amis mais ce sont plutôt les couples des vieilles amies de sa femme qu'ils reçoivent. Dans ce groupe non plus, pas d'interlocuteur possible. Il y a aussi, parmi ses collègues de travail, ceux avec lesquels il va souvent déjeuner et se sent lié, mais il n'a pas suffisamment confiance en eux.

Il en est maintenant à la lettre W et se demande avec angoisse s'il va devoir faire appel à un prêtre ou à un « psy » pour parler de son problème.

Le cadre, pris entre son activité professionnelle chronophage et sa culpabilité de ne pas s'occuper suffisamment de sa famille, sacrifie souvent sa vie amicale sans vraiment s'en rendre compte. Petit à petit, il s'isole pour réaliser brutalement, souvent à l'occasion d'un événement important comme un divorce ou un licenciement, qu'il n'a plus d'amis. Or les amis sont une pièce essentielle du dispositif de gestion du stress ; la relation amicale n'existe pas en soi, elle a besoin de soins attentifs pour perdurer. En pratique, cela signifie d'une part, dégager du temps pour cela et, d'autre part, se rendre disponible et se mettre à l'écoute de ses proches. Bien souvent, les rencontres sont aussi des occasions de détente dont la fonction antistress est évidente.

Se faire plaisir

Une formule américaine s'est inspirée d'un célèbre slogan publicitaire : *A pleasure a day keeps the stress away* [2]. De fait, les managers stressés ont tendance à culpabiliser le plaisir et peuvent passer des semaines, voire des mois entiers, sans se faire réellement plaisir.

Et vous, êtes-vous sûr d'avoir un vrai plaisir par jour ?

Pour ceux qui en doutent, il existe une méthode qui permet de remédier à ce manque d'hédonisme. Lorsque je parle de méthode pour se faire plaisir à des cadres au cours de formations en entreprise, je vois poindre un sourire ironique sur le visage de mes interlocuteurs, parfois un regard légèrement condescendant ou encore des plaisanteries plus ou moins orientées en fonction du taux de mixité du groupe. Il est vrai qu'il peut paraître curieux d'appliquer une méthode pour se faire plaisir. Souvent, on considère que le plaisir doit être spontané et que, sur ordonnance, il ne peut qu'être un succédané au goût insipide.

Que ceux qui sont certains de se faire suffisamment plaisir passent au chapitre suivant. Pour les autres, voici la recette. Faites une liste d'au moins une vingtaine de plaisirs quotidiens possibles, collez cette liste sur la glace face à laquelle vous vous rasez ou vous maquillez tous les jours. Le matin, choisissez l'un des plaisirs et pratiquez-le au cours de la journée, puis évaluez-le en lui donnant une note sur une échelle de zéro à dix. Répétez

2. Un plaisir par jour chasse le stress.

la procédure en l'améliorant si nécessaire. À consommer sans modération.

Revenir à l'essentiel

Il est souvent éclairant de comparer, d'un côté, les priorités de vie, et de l'autre, les facteurs de stress. Bien souvent, on s'aperçoit que l'adéquation entre les deux n'est pas aussi évidente qu'on peut le penser. Les choses pour lesquelles je me stresse en valent-elles vraiment la peine ?

Dans un premier temps, il est indispensable de hiérarchiser par écrit ses priorités de vie. Pour cela, il faut s'interroger sur ce qui est important dans sa vie et selon quel ordre. Puis, sur une autre feuille, on inscrit les facteurs de stress les plus importants que l'on rencontre dans sa vie quotidienne.

La plupart du temps lorsqu'on fait cet exercice de comparaison entre les priorités de vie et les stresseurs, on trouve des « stresseurs inutiles », mais la remarque qui suit immédiatement est l'inévitable « Je sais bien, mais je ne peux pas faire autrement. »

Agir son stress

Le mécanicien a fini son travail. La voiture est parfaitement préparée, tous les points faibles ont été renforcés pour qu'elle s'adapte parfaitement aux différentes pistes qu'elle doit parcourir. C'est maintenant au pilote de faire ses preuves et de montrer qu'il utilise à fond les ressources de son véhicule afin d'en tirer le meilleur parti.

Outre la prévention, que peut-on faire pour améliorer ses capacités pour faire face aux situations de stress ?

La première étape consiste à diagnostiquer précisément les situations problématiques. L'impression d'être stressé résulte de l'accumulation de pressions extérieures. L'expérience montre que, la plupart du temps, on surestime certains facteurs de stress et on en sous-estime d'autres. Avant de chercher des solutions pour faire face à ses stresseurs, il est donc nécessaire de disposer de leur description précise. Qui d'autre peut le faire mieux que soi-même ?

Identifier les situations à problèmes

Pendant une quinzaine de jours, vous devez auto-évaluer votre stress en pratiquant ce que les Anglo-Saxons appellent un *monitoring*. Pour cela, il faut prendre un carnet que vous garderez toujours sur vous, chaque page étant divisée en quatre colonnes. La première est celle de la description de la situation de stress ; dans la deuxième, il faut noter les pensées liées à la situation ; puis vient la colonne des plans d'action mis en place face au stresseur et, enfin, l'évaluation quantitative de l'intensité du stress ressenti sur une échelle de zéro à dix. Il faut remplir le carnet que l'on a toujours sur soi, au moment même de l'événement ou juste après.

L'objectif est d'obtenir une sorte d'album de photos des situations de stress de manière à poser le problème de la façon la plus descriptive possible, sans qu'il soit trop déformé par la mémoire.

L'impression d'être stressé est toujours le résultat

d'une accumulation de situations-problèmes qui se multiplient au cours de la journée. Lorsqu'on les appréhende globalement, le stress paraît considérable et insurmontable. C'est pourquoi il est indispensable de les différencier afin de trouver des solutions spécifiques.

Philippe sort d'un rendez-vous difficile avec son patron. Il note dans la première colonne : « Je me fais engeuler par mon patron pour un problème dont je ne suis pas responsable. » Pour retrouver ses pensées, il essaie de revivre la scène et écrit : « J'étais sûr que ce problème finirait par me retomber dessus. Pourquoi faut-il que ce soit toujours sur moi que le patron se défoule quand il y a quelque chose qui ne fonctionne pas aussi bien qu'il le voudrait ? » Pour les plans d'action, ce n'est pas très compliqué : « J'essaie de me justifier et, comme il hausse le ton, une fois de plus, je m'écrase. » Quantité de stress : 8.

Outre l'utilité que présente ce matériel concret pour mettre ensuite en place des solutions, les autoévaluations servent souvent d'emblée à prendre du recul par rapport aux facteurs de stress rencontrés et à objectiver son attitude. Souvent, elles permettent de prendre conscience de la manière de traiter l'information et de la répétitivité des plans d'action, ce qui est essentiel pour la suite du processus de changement.

Cette étape révèle aussi que certains facteurs de stress qui étaient considérés initialement comme très importants n'apparaissent pas dans les autoévaluations et sont probablement de faux problèmes qui en masquent d'autres.

S'adapter, s'adapter, s'adapter...

Grâce aux autoévaluations, on met en évidence un certain nombre de situations types qui posent des problèmes dans la mesure où elles produisent un sentiment de stress et donnent l'impression que l'adaptation n'est pas bonne. Ces situations types doivent être hiérarchisées de la plus simple à la plus « stressante ». Puis, il convient de réfléchir au mode de traitement de l'information qui est mis en place et aux plans d'action qui lui font suite. La plupart du temps, on a l'impression qu'on ne peut pas faire autrement que ce qu'on fait. On reproduit donc une attitude procédurale en sachant qu'elle n'est pas efficace, tout en se disant qu'il n'y a rien d'autre à faire.

La gestion du stress passe d'abord par cette prise de distance que donnent les autoévaluations. Il s'agit de se regarder penser et agir. Ce recul permet de prendre conscience que sa manière de traiter l'information n'est peut-être pas la seule qui soit adéquate et surtout qu'on peut enrichir son registre de plans d'action possibles bien au-delà de ce qu'on pense. La procédure dans laquelle on a tendance à s'enfermer paraît, en effet, être la seule possible compte tenu de la situation qu'on vit. En réalité, plus on reproduit la même séquence de plans d'action, plus il nous paraît évident qu'aucune autre action n'est possible. À force de répéter la même attitude, on ne peut plus imaginer qu'il puisse en exister une autre. Il n'y a plus alors de distance entre le sujet et son facteur de stress. Tout fonctionne sur le mode du conditionnement. Dès qu'un stresseur survient, on réagit au lieu d'agir. On ne réfléchit pas, on fonctionne par automatismes. L'espace psychique, en terme de cognition, d'émotions et de plans d'action s'organise selon des procédures préétablies et toujours reproduites en fonction des facteurs de stress. Ce qui se passe sur le plan cognitivo-comportemental est assez proche du modèle de stress de Hans Selye dans la mesure où la réponse à un stimulus donné est stéréotypée et reproduite de façon identique.

C'est ainsi que Philippe, face aux réprimandes de son patron, essaie toujours en vain de se justifier, puis considère qu'il est victime d'injustices et qu'il doit se soumettre. Ou encore, lorsque ses enfants ont de mauvais résultats, il confirme l'idée selon laquelle ils ne travaillent pas assez et sont paresseux, et il s'énerve en criant contre eux, etc.

Lorsque chaque situation type est bien identifiée, il faut accomplir un travail de restructuration cognitive.

Penser autrement

Les distorsions cognitives correspondent à un mode de traitement de l'information qui n'est pas conforme à la réalité. Dans le chapitre que nous leur avons consacré, nous avons décrit comment elles procèdent souvent de pensées automatiques qui sont des *a priori* que le sujet ne remet pas en cause. En fait, il n'y a pas adéquation entre la représentation de la réalité telle que le sujet voudrait qu'elle soit et les situations qu'il rencontre réellement.

Cela fait maintenant un quart d'heure que Dominique attend sa femme à l'entrée de l'exposition qu'ils avaient décidé de voir ensemble. Connaissant son inaptitude à la ponctualité, il lui avait fait promettre d'être à l'heure, car il a peu de temps. Lorsqu'elle arrive enfin avec vingt minutes de retard, il est tellement excédé que sa colère lui gâche tout le plaisir de l'exposition.

« Je ne te comprends pas, lui dit son vieil ami auquel il vient de raconter l'épisode. Tu sais bien que Marie est toujours en retard puisque cela fait quinze ans que tu la connais. C'est plus fort qu'elle, elle part toujours à l'heure à laquelle elle doit être arrivée. Je crains que sur ce point tu n'arrives pas à la changer. »

Les distorsions cognitives concernent souvent les autres. On voudrait qu'ils soient différents de ce qu'ils sont pour être ce que l'on attend d'eux. Seulement, la capacité de changement de l'autre est limitée d'autant plus qu'il ne souhaite pas nécessairement entrer dans notre désir. C'est ainsi que de vieux couples continuent de s'énerver l'un contre l'autre, car ils n'acceptent pas telle ou telle particularité de l'autre. Dans le cadre du travail, les sources de stress abondent parce que « le chef ne devrait pas être comme cela et la secrétaire comme ceci ».

Dominique n'est pas stressé parce que Marie est en retard, mais surtout parce qu'il pense que Marie ne devrait pas être en retard. Il sait qu'elle a tendance à l'être mais ne l'accepte pas. Il ne peut donc pas prévoir de plan d'action qui tienne compte de la réalité. Dans le cas contraire, il pourrait, par exemple, arriver lui-même un peu plus tard, prévoir de la lecture pour patienter ou encore donner rendez-vous dans l'exposition plutôt qu'à l'entrée. Autant de plans d'action qui lui éviteraient le stress lié au retard de Marie. Mais il ne les envisage même pas, car il reste figé sur l'idée que la réalité devrait être différente de ce qu'elle est.

Dans d'autres cas, les distorsions ne concernent pas les autres, mais les situations elles-mêmes. L'un des exemples les plus typiques concerne la météo. Pourquoi beaucoup de gens se disent-ils stressés par le mauvais temps ? D'abord et avant tout parce qu'ils considèrent qu'il devrait faire beau. C'est vrai surtout pendant les vacances, synonymes de beau temps dans l'esprit du plus grand nombre. Dès que les nuages arrivent, on se sent comme pétrifié et on regarde avec effroi les jours passer sans rien pouvoir envisager d'autre que d'attendre que le ciel soit plus conforme à son désir. Il en va de même avec les attentes. *A priori*, il n'y a rien de moins stressant qu'une attente, puisqu'il n'y a rien d'autre à faire qu'à attendre. Et pourtant, l'attente est souvent vécue comme une source de stress de la vie quotidienne. C'est qu'on considère qu'on ne devrait pas avoir à attendre. La poste ou le supermarché devraient s'organiser autrement. À nouveau, cette focalisation sur la situation empêche de mettre en place des plans d'action qui permettraient de la vivre de façon moins stressante.

La restructuration cognitive est donc une étape essentielle, préliminaire à la recherche de plans d'action. Elle s'appuie sur les autoévaluations des situations de stress. Les représentations sont soumises à l'étude en trois colonnes.

Dans la première, on note sa manière de voir les choses, ce que l'on se dit dans les situations de stress qu'on rencontre. La deuxième colonne est celle de la réalité. Vue de l'extérieur par quelqu'un qui serait le plus « objectif » possible, comment la situation serait-elle appréhendée ? C'est à cette étape que l'aide d'un tiers est le plus utile pour s'extraire de ses représentations. Enfin, la troisième colonne est celle de la reformulation des représentations en fonction de la réalité.

Dominique, dans sa première colonne, avait noté : « Elle le fait exprès ; à cause d'elle, je vais rater la fin de l'exposition ; je ne peux pas compter sur elle. » Au cours d'une séance de gestion du stress, il a reconnu que les retards de Marie n'exprimaient pas son agressivité à son égard puisqu'elle a failli être renvoyée d'un emploi à cause de ses retards répétés. D'ailleurs, il considère sa femme comme fiable, notamment dans l'éducation des enfants, qui repose en grande partie sur elle. Il risque, en effet, de rater la fin de l'exposition, mais peut-être a-t-il compté trop juste.

Dans la troisième colonne, il a écrit : « Je sais que Marie est toujours en retard et sans doute devrais-je en tenir compte dans les rendez-vous que je lui fixe. »

Agir autrement

Si le travail de restructuration cognitive a été bien fait, la recherche de plans d'action alternatifs est relativement simple. La tendance naturelle face à un facteur de stress est de reproduire les mêmes plans d'action et ainsi de s'inscrire dans une procédure dont on ne paraît pas pouvoir sortir. Il faut donc d'abord imaginer un autre plan d'action que celui que l'on utilise d'habitude. Bien souvent, il est difficile d'arriver jusqu'à cette étape, car, derrière des formules lapidaires du type « je sais très bien qu'il n'y a rien d'autre à faire » ou encore « j'ai tout essayé et il n'y a pas d'autres solutions », se dissimule la crainte du changement. Il est clair que gérer son stress, c'est induire du changement dans sa manière de faire face aux événements..., mais c'est un facteur de stress en soi que certains refusent d'emblée.

En principe, l'étape de restructuration cognitive a

permis de mettre en évidence les limites dans la manière dont on fait face aux facteurs de stress et à ouvert à d'autres types de représentations et de perspectives. Il reste, pour trouver de nouveaux plans d'action, à appliquer une méthode de résolution de problèmes.

Les méthodes de résolution de problèmes commencent par une phase descriptive qui, dans notre cas, a été assurée par les autoévaluations et la restructuration cognitive. Vient ensuite une étape créative au cours de laquelle il faut imager toutes les solutions possibles, même les plus loufoques, sans aucune censure. La difficulté, au cours de cette étape, est que l'on a souvent tendance à critiquer une solution avant de l'avoir même formulée, ce qui supprime toute créativité. Ces solutions sont bien sûr toutes notées. Cette étape est évidemment la plus importante et, avant de passer à la suivante, il faut y consacrer le temps nécessaire pour établir une liste de solutions suffisamment conséquente.

La suite est classique : les solutions sont reprises une à une et critiquées. Il en émerge une ou deux qui seront les plans d'action alternatifs. Encore faut-il les mettre en application.

Comme toujours dans la gestion du stress, il faut résoudre les problèmes un à un en commençant par ce qu'il y a de plus facile. Les plans d'action alternatifs doivent être considérés par le sujet comme possibles à appliquer. S'il existe des réticences, comme dans le stress concernant les situations relationnelles, on peut faire une « répétition » avec un tiers sur le mode du jeu de rôle. On peut aussi utiliser la visualisation qui permet au sujet, les yeux fermés, de se représenter la scène et lui-même en action.

Le plan d'action est alors appliqué en situation réelle. Par la suite, il ne faut surtout pas oublier d'en faire une évaluation par rapport à l'objectif. En l'occurrence, l'objectif dans ce cadre est toujours de diminuer l'impression de tension ou de stress liée à un facteur de stress déterminé. On doit donc donner une note à son stress avant et après, de façon à mettre en évidence l'efficacité du procédé. Si ce n'est pas concluant, il faut recommencer.

***

Parfois, lorsque j'explique à un cadre stressé comment mieux gérer son stress, je sens une certaine déception. La méthode paraît à la fois trop simple et trop contraignante. D'un seul coup, il réalise que son stress dépend en grande partie de lui-même et qu'avec quelques efforts il arrivera à considérablement améliorer sa capacité d'adaptation. Mais, pour cela, il faut changer et, bien souvent, ça fait peur. Alors il me demande si je ne pratique pas l'hypnose, par exemple. En fait, c'est une manière de demander comment aller mieux sans changer..., et c'est justement ce qui n'est pas possible. En revanche, pour celui qui est prêt à changer, la gestion du stress est toujours efficace.

8

Optimiser le capital stress de ses salariés

À la réunion de direction générale de la Begos, ce lundi matin, il s'agit de définir les programmes de formation de l'année. Pierre, qui préside la réunion, a décidé d'innover et notamment de tenir compte des souhaits qui bien souvent citent le stress comme l'une des sources de problème.

« Laurent, puisque vous avez noté le stress management *parmi les formations nouvelles qui vous paraissaient utiles, je propose que vous participiez au premier stage que nous allons organiser afin que vous puissiez nous donner votre avis. »*

Pierre voit son interlocuteur blêmir en face de lui. De fines gouttes de sueur perlent sur son front qu'il essuie d'un geste rapide. Le ton de sa voix traduit son émotion.

« Mais pas du tout, monsieur, si j'ai noté ce thème, c'était pour mon équipe qui a beaucoup de travail en ce moment, mais moi je vais très bien. »

Sur ce, il se plonge dans la lecture compulsive de la brochure d'un organisme de formation en se disant qu'il a été repéré. « Mais pourquoi m'a-t-il désigné ? se dit-il, on est au moins cinq à avoir cité le stress management *dans nos desiderata. Si j'accepte, ils vont tous se dire que je suis en train de craquer. »*

Surpris, Pierre demande un volontaire, mais sans succès.

« Enfin, je ne comprends pas, il y a du stress ou il n'y en a pas ? Ou plutôt si, je comprends trop bien : il y a du stress, mais ce sont les autres qui sont stressés. Eh bien, quand il y aura des volontaires, on organisera une formation. »

Et c'est comme ça qu'on n'entendit plus jamais parler de stress management *à la Begos.*

Ce récit, à peine modifié, correspond à une histoire réelle dans une grande multinationale. Une étude avait été réalisée pour déterminer les besoins en formation des cadres dirigeants. Il en est ressorti que les cadres dirigeants réclamaient des outils leur permettant de mieux s'adapter aux difficultés nouvelles qu'ils rencontraient, ce qui est la définition même de la gestion du stress. Le responsable du centre de formation, à l'origine de l'étude, a donc proposé un stage de gestion du stress, non sans avoir pris la précaution de s'assurer de l'efficacité de ce dernier en faisant une session test avec des volontaires désignés. La session s'est avérée correspondre parfaitement aux besoins des managers ; elle a donc été inscrite officiellement au catalogue des formations proposées. Un an plus tard, il n'y avait aucun inscrit.

On agit vis-à-vis de son propre stress comme Cyrano à l'égard de son nez : on accepte parfois d'en parler, mais on ne supporte pas qu'un autre en parle à notre place. Surtout dans le cadre de l'entreprise, où reconnaître que l'on est stressé est considéré comme un aveu d'impuissance. De plus, en ces périodes où plans sociaux et restrictions budgétaires semblent être le pain quotidien, passer du temps et dépenser de l'argent à se former à la gestion du stress est culpabilisant, aussi bien vis-à-vis de ses collaborateurs que de ses supérieurs hiérarchiques.

C'est la raison pour laquelle les vendeurs de stages de gestion du stress ont fait de gros efforts d'imagination pour nommer autrement ce qu'ils appelaient autrefois *stress management*. Il leur faut trouver des formulations positives qui déculpabilisent les cadres et leur donnent l'impression que ce qu'ils vont faire leur sera vraiment utile à eux-mêmes ainsi qu'à l'entreprise qui les emploie. Encore faut-il préciser ce qu'est la gestion du stress en entreprise.

La gestion du stress en entreprise

Les catalogues de formation ont quasiment tous un stage qui a trait au stress, sous une appellation plus ou moins proche. Chacun y met ce qu'il veut puisque, pour la plupart, le stress est un mot flou qui regroupe des réalités très diverses. Ainsi y trouve-t-on pêle-mêle de la gestion du temps, de la sophrologie, des stages de sport, des conférences sur l'hygiène de vie, voire des séjours dans des centres de thalassothérapie. En principe, tout cela peut participer de près ou de loin à la gestion du stress. Cependant, il me semble que la gestion du stress en entreprise doit répondre à un certain nombre de règles précises.

Distinguer la formation de l'information

La formation à la gestion du stress est un entraînement, un peu comme un sport. La technique est limitée et s'assimile relativement vite ; en revanche, la pratique est très importante. C'est par elle que s'acquiert réellement un « savoir-faire face au stress ». À la fin de la lecture de cet ouvrage, le lecteur aura une information sur le stress qui ne se transformera en savoir-faire que s'il est décidé à changer. C'est pourquoi il est essentiel d'étaler la formation dans le temps de façon que les stagiaires puissent pratiquer ce qu'ils ont appris, puis revoir les formateurs pour leur faire part de leurs difficultés, repartir avec des plans d'action, etc. Bien souvent, cet étalement dans le temps est difficile à concilier avec l'emploi du temps des cadres, qui sont plus habitués à consacrer une ou deux journées à de la formation que six ou huit fois deux heures sur leur lieu de travail. Pourtant, dans notre expérience, cette seconde formule est beaucoup plus efficace que la première.

C'est aussi l'une des raisons pour lesquelles il est souvent préférable d'organiser des formations intra-entreprises que des formations interentreprises. Outre le fait que la formation peut s'adapter aux spécificités de l'entreprise, l'acquisition en commun, par groupes de huit à dix salariés, de techniques de gestion du stress crée une émulation entre les participants qui favorise la pratique.

Informer directement le public visé

Derrière le mot stress, chacun met ses propres préoccupations, qui peuvent être très éloignées du contenu du programme. De plus, la formation en entreprise a parfois pour habitude de proposer des recettes souvent simplistes qui, si elles n'améliorent pas vraiment la vie des gens, sont bien présentées et séduisantes. Un stage est évalué sur une note qui est donnée à la sortie du stage par les participants en fonction de leur satisfaction personnelle. C'est pourquoi le plaisir du stagiaire passe fréquemment avant l'efficacité ou l'utilité. L'organisation de la formation en interne dans les entreprises favorise aussi, dans une certaine mesure, la promotion de formations « qui plaisent » aux dépens des formations utiles. Le responsable de formation trouve, en effet, une grande partie de sa légitimité dans la satisfaction exprimée par sa clientèle.

Avant de commencer une formation, il est indispensable d'expliquer aux participants potentiels le contenu exact du stage, les efforts qu'on leur demandera pour mettre en place un processus de changement, et surtout ce qu'on ne fera pas et qu'ils pourraient attendre.

Que les volontaires lèvent le doigt

Contrairement à l'exemple cité plus haut, il arrive qu'un dirigeant ou un responsable des ressources humaines soit tellement convaincu de l'utilité d'un stage de gestion du stress qu'il incite très fortement ses collaborateurs à le suivre. Ceux-ci, par conformisme ou pour satisfaire le désir de leur supérieur, s'inscrivent, mais sans conviction. Cette démarche aboutit souvent à une perte de temps, et pour le participant et pour l'animateur. On ne force pas quelqu'un à entamer un processus de changement dans sa manière de réagir à son environnement s'il n'en a pas le désir et s'il ne croit pas à son utilité.

La procédure que nous recommandons est de proposer aux salariés qui le souhaitent de s'inscrire auprès d'un secrétariat avec un engagement précis sur les horaires.

Quels objectifs et pour qui ?

Il n'est pas neutre de savoir quel est l'objectif affiché d'un programme de gestion du stress. Il m'est arrivé de voir les syndicats prendre prétexte d'un programme de gestion du stress pour expliquer qu'en fait ce n'était qu'un moyen de plus employé par la direction pour faire « monter la pression » sur les salariés. Il est vrai qu'un programme de gestion du stress peut être interprété comme l'aveu par le chef d'entreprise qu'il sollicite trop ses collaborateurs et comme un moyen, pour lui, d'augmenter ou de maintenir la pression. C'est pourquoi il est essentiel de bien préciser l'objectif du programme. Il importe, en premier lieu, d'être clair sur le fait que les formateurs sont engagés vis-à-vis des salariés et non de l'entreprise. Cette dernière ne peut y trouver qu'un bénéfice secondaire. De plus, il ne s'agit en rien de permettre d'augmenter le stress qui pèse sur une population, mais de lui donner des outils pour mieux s'adapter à son environnement et d'atténuer les effets néfastes du stress.

Le contenu de la formation

Il peut paraître curieux de proposer une formation type en gestion du stress professionnel. En effet, les situations sont tellement différentes les unes des autres qu'il semble évident que c'est un domaine dans lequel il faut faire du sur mesure plutôt que de la confection. Dans notre expérience, les programmes de gestion du stress qui ont été précédés d'une étude sur la population concernée ont toujours eu un impact meilleur que la formation qui a été appliquée directement.

Cependant, les grandes lignes d'un programme de gestion du stress ont des composantes souvent identiques. Il faut mettre à part la gestion du temps, qui a acquis son autonomie à travers des formations uniquement axées sur l'organisation de l'emploi du temps. Il reste trois grands axes sur lesquels s'appuie la grande majorité des formations.

Le contrôle émotionnel

Grâce aux techniques de relaxation, il s'agit de permettre aux salariés de se reconcentrer en se déconnectant de leur environnement et de se détendre sur le plan musculaire. Trop de techniques sont encore enseignées en position allongée, ce qui limite considérablement la pratique au cours de la journée. Il est donc vivement conseillé d'introduire des techniques assises comportant une pédagogie qui permet de réduire progressivement le temps de relaxation pour arriver à des séances de deux ou trois minutes. Les salariés peuvent ainsi pratiquer plusieurs fois au cours de la journée et y trouver rapidement un bénéfice qui les incite à poursuivre une pratique régulière. Après quelques mois d'entraînement, la relaxation sera utilisée dans des situations très sollicitantes, comme les moments qui précèdent une prise de parole en public ou une négociation importante.

L'amélioration des règles de vie

Les règles d'hygiène de vie constituent une des bases de la gestion du stress. Outre une information qui peut être utile, comme celle qui porte sur le rôle anxiogène du café, il est plus important de proposer une méthode de changement. La difficulté est de passer de la résolution à la pratique régulière. On peut se référer à la méthode décrite au chapitre précédent.

Les techniques d'affirmation de soi et d'analyse du jeu de la communication

Le stress professionnel est d'abord lié au jeu relationnel, aux conflits entre individus, aux sources de tensions entre salariés. Les apports d'un programme de gestion du stress peuvent, dans ce registre, être de deux ordres.

On peut d'abord apprendre au sujet à avoir des points de repère, à comprendre la grammaire du jeu relationnel. Le courant de la psychologie qui a tenté d'en dégager les grandes lignes est l'école de Palo Alto, qui s'est penchée sur la compréhension du fonctionnement des relations interindividuelles. La pédagogie des principes dégagés par l'école de Palo Alto est parfaitement réalisable en entreprise auprès d'une population de cadres, même si la plupart des organismes de formation lui préfèrent des versions dénaturées à force d'être schématisées. Disposer d'une grille de lecture des situations relationnelles permet de prendre de la distance par rapport à ce qui est ressenti pour en comprendre les ressorts. On peut ainsi introduire de la rationalité dans ce qui auparavant n'était qu'émotions et affects. Surtout, la grille d'analyse systémique induit toujours une remise en cause de son propre mode de fonctionnement par rapport aux autres et ouvre à un enrichissement de ses registres relationnels. Rappelons que la gestion du stress consiste à élargir son registre de plans d'action dans une situation donnée. L'approche systémique permet précisément d'introduire cet élargissement dans le domaine des relations interpersonnelles.

En complément de la compréhension du jeu relationnel sont enseignées les techniques d'affirmation de soi, qui sont très importantes en entreprise, car elles permettent de s'exprimer sans agressivité et de ne pas se laisser entraîner au-delà de ce qu'on souhaite par défaut d'expression. Il peut paraître trivial d'apprendre à faire un reproche ou un compliment, de s'entraîner à dire non ou de formuler une demande, mais, de l'avis de ceux qui l'ont appris, c'est très utile dans la vie professionnelle.

L'identification des situations à problèmes et le changement cognitivo-comportemental

Selon la méthode qui a été décrite plus haut, le principe consiste à mettre en évidence les situations-problèmes et à induire un changement. En regard des situations-problèmes, les attitudes dysfonctionnelles sont identifiées, et des objectifs de changement progressif sont définis. Ces objectifs sont classés en différents registres (attitude relationnelle, organisation personnelle, compétence professionnelle, etc.). Puis ils sont atteints un à un en modifiant d'abord les représentations et enfin les plans d'action.

L'évaluation des programmes de gestion du stress

Comment évaluer l'efficacité des programmes de gestion du stress ? Comment être sûr, lorsqu'on a investi dans un programme, qu'on récolte les fruits de son investissement ? Rappelons que l'objectif et l'engagement se limitent au salarié. C'est donc à lui et à ses proches, qui peuvent constater des changements de comportement, que revient la capacité d'évaluer le stage. Mais cette évaluation doit reposer sur des critères précis et non sur une impression globale de satisfaction ; surtout, elle doit avoir lieu un certain temps après la fin de la formation. Ce qui est important, c'est que les salariés utilisent encore les outils qu'ils ont acquis plusieurs mois après la fin de la formation. On peut considérer qu'un stage est une réussite si 80 % des stagiaires utilisent régulièrement un ou plusieurs outils un an après la fin du stage.

Quel effet cela aura-t-il sur la productivité de l'entreprise, sur son dynamisme, sur ses capacités à se vendre ? Comme pour toutes les formations en développement personnel, c'est difficile à évaluer. Le pari du chef d'entreprise doit être celui de la rationalité. Il peut se dire qu'un personnel qui optimise ses capacités d'adaptation face à son environnement, qui utilise un plus grand registre de plans d'action et qui dispose de moyens pour atténuer les effets néfastes du stress est à l'évidence plus performant. Au-delà de ce pari rationnel, il existe aussi, bien souvent, un certain humanisme chez les chefs d'entreprise qui savent que les pressions vont croissant et qui sont pris dans la double contrainte de développer la compétitivité de leur entreprise et de permettre l'épanouissement de leur personnel. La gestion du stress répond directement à cette double préoccupation.

Conclusion

Est-on plus stressé qu'autrefois ? Personne ne peut le dire de façon sûre, car nous n'avons pas d'instruments de mesure qui permettraient de comparer plusieurs époques. En revanche, ce que l'on sait, c'est que l'impression d'être plus stressé augmente régulièrement depuis une vingtaine d'années et ce, surtout dans le cadre du monde du travail.

Cette perception est liée à une double évolution. Individualisme et narcissisme deviennent de plus en plus prégnants, tandis que l'environnement semble toujours plus complexe, plus difficile à appréhender et à comprendre.

Chacun a de plus en plus l'impression que la réalité devrait toujours se plier à ses désirs. La vitesse moderne est stressante parce qu'elle rend insupportables les lenteurs, les retards, les aléas ; la vie professionnelle est stressante parce qu'elle entretient l'illusion d'un perfectionnisme ; la vie familiale est stressante parce qu'elle s'enferme dans un modèle idéal ; autrement dit, dans un monde aseptisé, hypertechnologique, hyperprofessionnel, où tout devrait fonctionner à la perfection, nous faisons en permanence, et plus que par le passé, l'expérience de l'imperfection, de l'aléatoire et de l'évolution. Plus nous cherchons à convertir la réalité à nos désirs, plus elle nous revient à la figure.

C'est cela le stress « moderne » : une distorsion cognitive liée à notre rapport à la réalité. Nous sommes devenus plus exigeants vis-à-vis de notre environnement qu'à l'égard de nous-mêmes.

Dans le même temps, l'accélération des mutations du monde nous oblige à nous adapter beaucoup plus vite que par le passé. Vient un moment où ce double mouvement d'exigence de l'individu par rapport au monde et de sollicitation de l'environnement sur l'individu aboutit à une impression de tension. On appelle cela le stress, une manière d'exprimer un mal-être dans le rapport à la modernité.

Le lieu privilégié d'expression de ce stress moderne est la vie professionnelle. Par l'enjeu qu'elle représente, les mutations constantes dont elle est l'objet, la mondialisation à laquelle elle est soumise et la complexité des paramètres qui la composent, elle concentre la plus grande part du stress des sociétés occidentales. Du fait de l'individualisme, ce stress ne trouve pas de mode d'expression collective. La peur d'être licencié, l'impression d'être dépassé par l'évolution des techniques ou les conflits avec ses collègues ne peuvent pas, la plupart du temps, s'exprimer. Plus encore, dans le jeu de faux-semblants des relations en entreprise, chacun développe des trésors d'ingéniosité pour masquer les effets du stress sur lui et en guette avidement les signes chez les autres. Il faut paraître assumer et afficher une surface lisse et inaltérable. Le résultat est, lui aussi, une façade. Apparemment, le climat social n'a jamais été aussi bon. Très peu de journées de grève, les patrons semblent incontestés en interne. Et pourtant, tous les sondages récents sur l'entreprise le montrent : l'impression de tension, de mécontentement, de doute vont croissant.

Cet état de fait est perçu par le plus grand nombre et pourtant personne ne semble vouloir le mettre au jour pour y apporter des solutions. Comme si le stress faisait peur, on le traite par le déni. Il devient alors un mal invisible dont on sait qu'il affaiblit progressivement l'entreprise et les hommes qui la font vivre. L'entreprise se comporte comme ces patients qui ont toutes les informations pour savoir qu'ils ont un cancer mais ne veulent pas savoir. Le stress, pas plus que le cancer, n'est une honte. Les solutions existent. Il suffit de les mettre en place.

Table des matières

TROISIÈME PARTIE :
BIEN GÉRER SON CAPITAL

Collection « Poches Pratique »

N° 1 : Dr Henri-Jean Aubin, Dr Patrick Dupont, *Comment arrêter de fumer ?*
N° 2 : Dr Serge Renaud, *Le Régime crétois : incroyable protecteur de notre santé*
N° 3 : Dr Dominique Petithory, *La Diététique de la longévité*
N° 4 : Dr Anne de Kervasdoué, *Les Troubles des règles*
N° 5 : Dr Philippe Brenot, Dr Suzanne Képes, *Relaxation et Sexualité*
N° 6 : Dr Jean-Philippe Zermati, *Maigrir sans régime*
N° 7 : Dominique Laty, Dr Jean-Bernard Mallet, *Le Régime des pâtes*
N° 8 : Dr Martine Ohresser, *Bourdonnements et Sifflements d'oreille*
N° 9 : Dr Bernard Fleury, Dr Chantal Hausser-Hauw, Marie Frédérique Bacqué, *Comment ne plus ronfler*
N° 10 : Dr Denis Vincent, Dr Lucile Bensignor-Clavel, *Rhume des foins et Allergies*
N° 11 : Dr Vincent Boggio, *Que faire ? Mon enfant est trop gros*
N° 12 : Dr Gérard Apfeldorfer, *Maigrir, c'est fou !*
N° 13 : Dr Thierry Vincent, *L'Anorexie*
N° 14 : Pr Pierre Duroux, Pr Michel de Boucaud, Marie-Dominique Le Borgne, *Mieux vivre avec l'asthme*
N° 15 : Dr Éric Albert, *Comment devenir un bon stressé*

Impression réalisée sur Presse Offset par

BRODARD & TAUPIN

GROUPE CPI

La Flèche (Sarthe), le 27-03-2006

N° d'impression : 34345
N° d'édition : 7381-1802-X
Dépôt légal : avril 2006

Imprimé en France